U0896133

灯火夜驰

沈念 著

南方出版传媒
花城出版社
中国·广州

图书在版编目（CIP）数据

灯火夜驰 / 沈念著. -- 广州 : 花城出版社,
2021.1
ISBN 978-7-5360-9191-7

Ⅰ. ①灯… Ⅱ. ①沈… Ⅲ. ①中篇小说—小说集—中国—当代②短篇小说—小说集—中国—当代 Ⅳ. ①I247.7

中国版本图书馆CIP数据核字(2020)第149145号

出版人：肖延兵
策划编辑：张　懿
特约编辑：陈崇正
责任编辑：陈诗泳
技术编辑：凌春梅
装帧设计：周伟伟

书　　名　灯火夜驰
　　　　　DENGHUO YECHI
出版发行　花城出版社
　　　　　（广州市环市东路水荫路 11 号）
经　　销　全国新华书店
印　　刷　佛山市迎高彩印有限公司
　　　　　（佛山市顺德区陈村镇广隆工业区兴业七路 9 号）
开　　本　880 毫米 ×1230 毫米　32 开
印　　张　8.5　1 插页
字　　数　155，000 字
版　　次　2021 年 1 月第 1 版　2021 年 1 月第 1 次印刷
定　　价　45.00 元

如发现印装质量问题，请直接与印刷厂联系调换。
购书热线：020-37604658　37602954
花城出版社网站：http：//www.fcph.com.cn

不管身居何处，我们都是乡村直接或间接的建设者。

目　录

天 总 会 亮

过去我也为我们家害怕过，但那天昌队长说了，天总会亮的，我就发现每个夜晚再黑再难挨，等来的还是白天，从此就不害怕黄定要的那种绝望了，好像睡一觉醒来，我们家就真的要改天换地变样了。

石喊坪的春天是跟着飕绵阴雨来的。雨停日出，野花全开了，空气中蠕动着一团黏稠的气息。风用力拍打也拆不开它的来历。我沿着田埂走过去，抓起一大把刚开的花，蓝色的插在黄焕胜家田口，粉色的分给黄顺发家，最后剩几朵颜色混搭的留给我爹黄定要。但还没走到家门口，我顺手一扬把它们扔到水渠里，流到不知道的远方。

水渠是新修的，水哗哗地流着。我很心疼，好像这些水都是我家的。以前渠没修到家户门口，水压根到不了山坡四周的田地，黄定要只会唉声叹气，碾不出半个屁响。我们时常坐在台阶上，惊慌地听着邻居黄焕胜骂娘操蛋。他的山田要水，他的果林要水，他养的羊要喝水，只有一个办法，去挑。挑水的路又远又窄，泼泼洒洒，两桶水挑回来并作一桶用，于是他整天骂骂咧咧，摔门打椅子，骂水势利眼，骂村干部全死绝。

我倒扣着手，放慢脚步，悠闲地往家走。有段时间，村里的大人小孩喊我“光跃缝纫机”，后来觉得太长，就喊成了“黄纫机”。他们是看我走路的模样像女人踩缝纫机的动作，腿一伸一屈，身体一俯一仰。我路过镇上窗帘店，看到过一个中年女子把踏板踩得飞快，缝纫机发出嗒嗒的呼啸声。我在路上疾步，风吹过来，身体会生出轻飘飘的感觉——仿佛也成了一台踩得飞快转动的缝纫机。

黄定要远远地看到我，努力想把背抻直了跟我招手，又无可奈何地弯下去了。他弯腰驼背好多年了，小时候我以为他是想假扮成牛马逗我开心。后来发现他不是装的，就很严肃地问：“谁把你压弯成了这个样子？”

他不回答。

我说：“是我吗？”

他连连摇头，然后用怜爱的目光看着我那条瘸短的腿。

“你小时候活蹦乱跳的，黄定要看你的样子，那张皴过的树皮脸笑起来像朵快凋谢的大葵花。”我从黄焕胜养的羊群中穿过的时候，他冲我边说边笑。他的笑总让我没来由地打冷战，像是藏着一把寒冬腊月从水底拎出来的刀子。羊群咩咩叫唤着向山坡下走，黄焕胜吆喝着走在最后。“你得了小儿麻痹症，再看看你们家，黄定要前世蛮造业（造孽）啊！”他自言自语，又像是说给羊听的，我却觉得这刺耳的声音是故意说给我听的。

回到屋里，我问黄定要：“人家说你蛮造业？”

其实我是想让他告诉我“造业”是什么东西。他剜了我一眼，过去他可从没拿这样的眼神看过我，也没生过我的气。他一黄昏没说话，平时我回来后喜欢问这问那的他突然哑巴了。没有了声音，屋里的黑就更像一块冰了，又冷又硬。我猜，黄定要是真的伤心了。

晚上我睡在床上，房间里回潮，墙壁像刚伤心地大哭过，听得到眼泪滴落的声音。黄定要也没睡，在床上翻来覆去，喉咙里像卡着一口痰，哧哧哼哼，要吐不吐，真是讨人烦。他性格就这样，一辈子忍气吞声。

路过石喊坪的算命袁瞎子说，黄定要会得三个崽女，但只有两个的命。袁瞎子说完扭身就走了，没人在意，黄定要也走了，心里却装了块石头。

我是他的满崽，上面还有一个哥哥一个姐姐。哥哥在我记事之前死了。有关他的事都是听旁人七嘴八舌拼凑出来的。黄定要听不得我打听哥哥的事，只要提到那个名字，他就会像个孩子般地伤心哭泣。

“他这个大崽是个智障，从小看人眼珠就没转动过，笔直的目光，像枪膛里射出的子弹。”这是村秘书黄顺发说的。

“他是夏天失足掉到半口塘淹死的。村里的半口塘水面不小，也蛮深的，每年都要吃掉一两个被父母丢在家里的孩子，或者上年纪的老人。”这是黄焕胜说的。但他在里面游水捞鱼，没半拉子事。我就断定半口塘是个只会欺负老人孩子的软角色，碰到凶狠的人毫毛都不敢动，还要奉献出喂养的鱼虾龟鳖。

哥哥死的时候我太小，不然这些年有他站在身旁保护我，别的孩子也不敢在背后扔我泥砖块。他们起哄地喊着：“黄纫机，跛脚子，瘸里拐里跌跤子。”

我怒气暴躁的外表还是掩饰不了内心的孱弱，他们跑过来，明目张胆地抢走我手中的东西，有时是几颗光滑漂亮的鹅卵石，有时是刚摘的几枝映山红。转眼，他们就会把它们丢进半口塘，鹅卵石在水面上飙出几朵水花，就咕咚沉下水底了。他们说我哥哥也是这样咕咚沉下去的，只是比石头多冒了几个圆圆的气泡。有天夜里，黄定要站在哥哥的遗像前自言自语：“袁瞎子这张乌鸦嘴呀，他是不来了，再来我要扇他几耳巴子啊。我这么拼命下田，要不是你走得早，将来是要给你娶个婆娘回屋里的。”他说得这么动情，我听了却又想笑又想哭。

哥哥死了，人们记起瞎子的话应验了，就去找他给个说法。平时唾沫星子四溅的袁瞎子诡秘不语，人们失望离开，但是再也不背后叨咕他净讲瞎话了。

这世上姐姐和我还活着，她比我大四岁，但几乎不出家门。我不知道她到底在害怕什么，外面多好呀，想去哪儿就去哪儿，哪里好玩就去哪里，可她偏偏要躲在黑漆漆的家里。遇到外人来访，姐姐也是四处躲闪，她能一动不动待在你眼皮底下发现不了的黑暗角落，也并不是她长得有多丑，而是因为她天生就像我恩妈。

“造哒活业，大崽死了，妹崽是个精神病，家族遗传。满崽哩，突然得了小儿麻痹症。”黄焕胜又在人面前嚼舌头。我很讨厌这位邻居，没人把他当哑巴，他却一天到晚叽叽喳喳，把全村人的话都讲完了。那天，他不知什么缘故陪着一个乡干部从我家门前走过，指了指我家半掩的门，假慈悲地嚼了几句。我站在门后面，从门缝里看着他们大步流星地走过，那个乡干部像是怕我们突然从屋里蹦出来把他劫了，走得太急，差点趔趄摔倒。奇哒怪，我家门前的路被我踩得平平整整的，乡干部的趔趄逗得我扑哧笑了，谁知道我家的猫也惨兮兮地笑了一声。乡干部又被黑屋子里突如其来的声音绊了一个趔趄。

我看着转身就蹿到屋檐上的猫，觉得它便是昼夜不出门的姐姐变的。她到了夜里就变成了一只猫，在村里转悠，在屋顶追逐，发出几声恣肆的叫声。为了逮到姐姐变猫的证据，好几次我起夜屙尿，顺便会推开她的房门，发现床上是空的。我想这下终于逮住了，就睁大眼睛，坐在门口，等着等着却睡着了。姐姐不知道是什么时候坐在我面前的，她又变回来了，目不转睛地看着我，那眼神吓得我魂魄都飞了。黄定要不认可我发现的这个秘密，说是我做的梦，姐姐从来没有出过家门，更不会变成一只飞檐爬树的猫。

姐姐安静的样子很美。常年躲在家里不见阳光，她的皮肤一天天变白，也变薄。有一天，她哇哇大叫，酣睡的猫也在惊吓中醒来。黄定要一紧张，背就蜷缩得更厉害了，他走过去看一眼不打紧，我就只听到他手忙脚乱翻箱倒柜的声音，马刺草丢哪里了？屋里只有姐姐的哭声在回答。

姐姐不知在哪里碰到什么东西，胳膊上一道长长的伤口，像被刀划开的一张纸，血沿着伤口往下淌。她只剩下哭，提着声调哭，越使力血就越往外涌。黄定要终于找到马刺草，在嘴里七嚼八咬，连着干涩的唾液敷住了血。哭声也连同止住了。姐姐不说话，她当然也说不出是被什么划的，难不成是家里的空气划破的？我过去也说过家里的空气很锋利，划到脸上脸疼，碰到手臂手痒，但黄定要不信，不搭我这茬。

黄定要突然哀号一声：“真咯碰哒鬼了！”

姐姐呜哇叫唤的时候，恩妈坐在屋门口，像是耳朵聋了听不到屋里发生的一切。她气定神闲地掰着玉米棒，时间一秒一秒就这样被她掰碎在那个破箩筐里。秋天黄秘书陪着新来的扶贫工作队长到我们家来的时候，她坐在门口连头也没抬。那位姓昌的队长和声细语地问家里的情况，黄定要齉声齉气，要听清一句完整的话比杀头猪都难，两只手也不知是该笔直垂落还是十指绞弄一起，这个问题他一辈子也许都想不清楚。我替他急呀，心里火辣辣的，比老黄蜂蜇了我还辣。比我爹年长的黄秘书是村里的老人，家家户户一门清，顺带着把我们家的故事粗枝大叶地讲了一遍。他说一句，我就在心里复述一句，他说完了，我把我们家的来历也记住了。

我爷爷奶奶并不是我爹黄定要的亲生父母。也从来没人追问过黄定要的真实身世，包括他自己。这让我很长一段时间很鄙视他，一个不是我奶奶亲生的儿子成了我爹。

黄秘书说到我奶奶时，语气里听得到几分敬意。她年轻时也是村里的干部，当过好多年的妇女主任，干得最风光的就是抓计划生育，家里墙上几张墨迹模糊的奖状就是证明。她不仅兢兢业业拦截着别人家的超生，也把自己的生育给耽搁了。自己不生育让她上门抓别人的计生时更硬气，她以身说法，要响应党的号召，不误国事。有人说她不能生育，遭报应，她并不畏惧村民在背后戳脊梁骨，但受不了后来我爷爷借着酒疯动拳脚，威风八面的妇女主任在家里的地位陡然下降，最后在村长的耳授下找到了一个解决办法，就是他们去隔壁县城抱养了一个弃儿。那个刚出生就被抛弃的孩子后来成了我爹。他其貌不扬，个子低矮，老实巴交，小学没读完就肄业归家，到了三十岁也没女人愿意嫁给他。奶奶年老后开始多病，治病费钱，又总不见好，黄定要孝顺，只管埋头干活，攒点钱就拿去送给了医院。我奶奶去世前做的一件她引以为豪的事，就是给养子捡回了流浪到村里的一个女人。

那天奶奶移步屋坪，看到那个穿得邋遢，双目无神的女人从面前走过。她们对了一下眼神，像是地下党员对上了暗号。女人在村里转悠了一天，没有人听到她说过一句话。据说当天村里有好几个光棍打过她的主意，上前搭讪，女人一个字也不说。最后是日暮时分，我奶奶牵着她的手，大大方方带回家，女人冲她喊了声恩妈，后来就成了黄定要的婆娘。

过去扶贫队来我们家了解情况的时候，黄秘书说什么，黄定要除了点头什么也没说。是啊，像我们这样的家庭，有什么好说的呢？爷爷奶奶病死，哥哥溺水走了，没有半口塘他也不会是个正常人，恩妈和姐姐都是精神病人，她们在这个家制造出巨大的沉默。黄定要操持这个家，不知道哪一天就腰背驼了，袁瞎子早说过，这是他命中该有的。恩妈整天都是僵硬的表情，但突然会望向我笑，笑容送到我面前，像石头里嘎嘣蹦出个奇怪的东西，真担心落地打碎后会发生什么意想不到的事。我每次出门的时候，都会躲开她的目光，不用看，我知道她又笑了。那笑靥如同一片树叶飘落并沾在衣背上。我加快脚步，想把它抖落下来。抖落到我身后自动出现的那条河里，我愿意一走出家门，就与他们隔河相望，而不是被他们的目光死死地抓牢。

哥哥再没在这个家出现过，恩妈有一次无来由地说看到了他，直撞撞地到半口塘寻他，她跳进塘里，在水里扑腾，被人救上来。她趁人不注意又跳下去，这次没有人下去了，岸上的人望着她，咒骂她神经病。她大声哭喊着哥哥的名字，身体漂浮在水面上，水淹不死她，她筋疲力尽，漂到岸边，自己爬上来了。黄定要为此狠狠打了她一顿，他把房门关上，下手很重。我听到柳枝条抽打在身上发出的噼噼声，像打在我的腐心上，可她竟然不知道疼，没有发出半声叫喊。她的泪水也许在半口塘流光了。但第二天我看到她的眼睛红肿，下嘴唇黑紫，咬出几颗月牙状的牙齿印。

黄秘书说到我的时候，黄定要眼睛里闪过一丝光亮，出生时的我是健全的，小时候的我活蹦乱跳，智力正常，五岁多那年感冒发烧、腹泻出汗，后来昏迷抽搦、四肢震颤，几经辗转到县城，医生说是小儿麻痹症。命是保住了，但是大地从此在我脚下是起伏波动的，我再也不能让黄定要脸上光彩了，不然他不至于把腰佝得越来越低。我想过，他是没有勇气去看别人幸灾乐祸的表情。有一回，他看着我说：“光跃，我是你的爹。”

我扑哧笑了，也很认真地说：“我记得，我没忘，我是黄定要的蠢包崽。”

黄定要叫我出来，不知是何用意，是想让扶贫队长看看本可引以为荣的儿子？我躲在里屋没动，黄定要的嗓门突然变大，见我还没动静，就拽着我的手拖出来。鬼知道他突然用这么大的力，把我的手弄得生疼。

我认识到我们家来的这个人，他到村里来了不短的时间了。我们没有说过话，但听到大家称他昌队长，有时又叫昌处，是省里下来的，要在石喊坪待两年，帮助石喊坪脱贫。我无所事事，不到村里别的地方转的时候，就喜欢站在村部不远处的小丘包上，看这个黑肤色的中年男人要做什么。他来的第二天，村部活动中心那栋房子晚上就有了灯光，坪前一人多深的草被清除了，屋后的几块荒地翻了一遍，第三天，荒地又翻了一遍，再过两天落了场小雨，他开始把一些蔬菜种子撒进了地里。他像是一个从外地来的农民，要在石喊坪扎根了。

村书记请他，黄秘书也来讨好他。昌队，就上我家吃饭吧，你嫂子做饭，我俩喝点酒说说话，你也省了这些琐杂事。

昌队长摇头，先是说，吃一顿是一顿，哪能天天去吃。接着告诉人家，他就是农村出来的，自己种自己吃，蛮好不过了，再说有纪律有规定，你们和嫂子的心意就领了。

他把日常生活安顿好，就开始到贫困户家里走访。他前一天会拿着花名册向黄秘书打听哪一家住的方位，第二天出发前，我就准时到了村部路口，有的家户住得偏，我在前面走，他跟在后面，我们离得不远不近。走访出来，我又在前面走，他跟在后面，并不拒绝我的引路，但我们从来没有说过话。他很多时候皱着眉头，村里这么多贫困后遗症，来这里的扶贫干部都会不例外地皱眉。黄秘书说，铁打的石喊坪，流水的扶贫干部，来了，看了，完了，走了，啥事也没了。但眼前的这位昌队长不同，我对他有一种天然的亲近感，他严肃的样子都让我感到是温暖的。我们像是多年前就认识的老朋友，不需要问候，不需要拥抱，彼此远远地看一眼，一个被欺负被嫌弃的男孩的孤独和挫败感就奇迹般地消失了。我也不知道为什么会有这种感觉，我说了也没人相信吧。

黄定要把我拉扯出来，站到了屋里光线明亮一点的地方，昌队长认出了我，高兴地说："我们早就见过面了，你是我的向导呀，挑水找码头，想说谢谢终于找到地方了。"

我脸上有些发涩，第一次被人说谢谢，我也没做什么呀。过去村里来了外面的干部，我想帮着引路，总是被黄秘书嫌弃地赶跑，让我不要丢石喊坪的脸。我天晴下雨有事没事在村里转，哪条路哪一户我都清清楚楚，我更没做过坏事，怎么就会让他觉得丢脸呢？

我和昌队长就这样认识了。他并没有跟黄定要说过去那些干部常说的大道理，说什么有困难党和政府会帮你，而是拍了拍他的肩膀，说："夜再黑，天总会亮的。我要在石喊坪待两年，慢慢给你想法子把生活过好一点。"与过去一样，黄定要的身体没来由地抖动，只是这次抖得更厉害。

我真是要看看他哪天想出什么法子来。黄定要没有出门相送，过去上面的干部走了，他掏出口袋里干部塞的信封，信封里是钱，有时多有时少，每一个信封都被他皱巴巴地留下来了。他看到信封就会很沮丧地说，我们全家死光了，才叫脱贫。咒自己一家死的话都说出来了，不知道他心里是多绝望。过去我也为我们家害怕过，但那天昌队长说了，天总会亮的，我就发现每个夜晚再黑再难挨，等来的还是白天，从此就不害怕黄定要的那种绝望了，好像睡一觉醒来，我们家就真的要改天换地变样了。

往后我经常去找昌队长，也不是找他有什么事。我就看看他，像是一天的固定生活，有时逢他外出开会不在，我就等着他傍晚回来，没看到人，心里就像缺了个角，空着块白。我看他住在村部二楼尽头的小房子里，灯有时彻夜不熄，就知道他又在忙碌了。

村部有了灯，像一样物件有了生命，重新活了过来。没过多久，坪前屋后收拾干净熨帖，来来往往的人也多了起来。有人来找他瞎扯淡，有人来反映村里的情况，也有人背后说村干部的坏话。我就站在那个隆起的小丘包上，那些难听的话飘进我耳里，又被风吹着从另一只耳跑了，他拿着个小本本都记下来了。他抬头看到我，就会解开紧锁的眉头，咧嘴笑着向我招手，我摆摆手，不过去，他就走过来，关心地问我几句与衣食有关的话，塞我怀里一些吃的，有几次还给了几张红票子，说："过节了，交给黄定要改善生活。"

我知道他经常也这样给人家钱，也是说改善生活同样的话。我并不喜欢，更希望他赶快想出个与过去不同的法子来。

石喊坪山多地少，没有几口水塘，也没有几块像模像样的田。全村297户1209人，其中建档立卡贫困户177户645人，人均耕地五分田，少得可怜。这些数字写在村部门口的宣传栏里，每天路过从头到尾从尾到头不知读过多少遍，后来就住进我脑子里，哪怕是闭上眼睛，一蹦就出来了。

刚到村里那些天，村民见是省城来的扶贫工作队，要搞精准扶贫，见面第一句话就说：“我去年养殖亏光了，雪上加霜，不扶我没道理。”

另一个说：“我咬着牙七拼八凑盖房，还没钱装修，有新家搬不进，先帮帮我落了安身之地。”

昌队长呵呵一笑，说：“我可不是财神爷。”

村民哼哧乐了，嘲讽地说：“共产党的干部就是为老百姓办事的，省里来的领导，都该带着法宝。”

“法宝是带着有，也得看谁愿不愿意用，会不会用。”

“么子法宝先透个风？”“真有法宝不用的是猪。”村民来劲了，有的建档立卡户捏着手指打手势，问到底带了多少扶贫款。

昌队长神秘地说：“先保密。”

黄秘书叹气：“唉，贫困都是‘等靠要’的思想作怪，多少年，改不了。”

昌队长早出晚归走访完这两百多户人家，我看到村里一天天热闹忙碌起来了，村部前坪白天晚上集中召开的会议也多了。有时是议论修路修水渠，在山上建个安全饮水的蓄水池，有时是号召大家改变观念，利用山地资源发展果林经济。会开到最后，昌队长都要说几句，讲一通为什么干、怎么干，他一给石喊坪描绘未来，下面的村民听了都手掌鼓得啪啪响。

有人扛着锄头上山了，荒山野径上的草割刈一空，来了几辆运货卡车，村民把树苗卸下车，在村部长桌上的登记表签完字，然后兴高采烈地把它们扛到了山坡上、果园里。昌队长兑现承诺，果树都是来自农业扶贫项目，免费提供，村民像捡了大便宜，开心得不得了。货车空了，昌队长发通知：“明天起农技员来现场上课，怎么栽，栽好了，明后年挂果，我帮你们吆喝，村里到时统一品牌卖出去。”

我家果树送来的第二天早上，我又站在小丘包上等着，看昌队长准备去哪家。他扛着把锄头，咧出熏黄的一口烟牙，说：“今天不用你带路，我知道走。”

出了村部左拐上新修的水泥道，我就猜到了他要去谁家。他走得很快，我怎么也没赶上去。他进了我家后山开辟的果园山地，黄定要才慢吞吞地刚出门。我张开嘴，心急火燎，却喊不出声音，我多想催促黄定要性急些，但他听不见，依然慢吞吞的。唉，拿这样的人有什么法子呢。

昌队长是来帮我们家栽树的。他负责挖坑，锄落泥飞，是把农活好手。几个村干部和县镇的农技员也过来帮忙，人多力量大，一天下来，百来棵夏橙栽得横平竖直。黄定要可开心了，但那张难得一笑的脸，皮皱皱的还是像个打了霜的老橙柑。他掏出一盒压衣兜没拆封的盖白沙，昌队长摆手，掏出自己的烟分给了农技员。

也有人不开心，也许他是看不得别人开心，比如黄焕胜。夏橙栽完，他站在我家后山的围栏外，扯着嗓门喊："黄定要，你围这篱笆，是成心不让我的羊过路不？"

黄定要反应迟钝，好像真是把羊回家的路堵了，没了说话的理。

黄焕胜把手上的烟抽完，大拇指弹飞那个咬破的烟头，说："你赶紧把这篱笆拆了，我就当这事没发生。"

费力巴哈围起来的要拆掉，黄定要既左右为难，又非常恼火。我看着他，干着急，篱笆外还有条两米宽的路，人羊过身不妨碍，又是昌队长帮着种的果树，叮嘱的围个篱笆，他居然硬气不起来。人争一口气，黄定要不争，看不下去的我冒起一股无名火，走到欺人不讲理的黄焕胜面前，说："昌队长帮我们家围的，要不你去找他问理？"

黄焕胜吃惊地望着我，黄定要更加吃惊地望着我。他们肯定没想到一个平时讲话不圆的蠢包崽能把一句话说得这么硬邦邦的。

黄焕胜被"昌队长"给顶回去，心里窝着一口废气。过了两天，黄定要回家，垂头耷脸地踢翻了一把椅子，说："果树苗被吃得枝干叶净，黄焕胜的羊死绝。"

我心想，昌队长早有先见之明，栽完果树苗就再三强调扎实打一圈篱笆防羊，黄定要也不是偷懒，而是胆小怕事，面子上挂不住，隔壁邻舍的围个篱笆，太显眼了。再说，那个羊钻进去的洞，明摆是人为破坏的。黄定要当然不敢登门讨说法，只好忍气吞声认了这个栽。

“羊吃树”发生的次日午后，我听到我家后山有话语声，爬上坡一看，是昌队长带着几个人把被羊咬了枝叶的果苗拔出来，又栽下新果树，还帮着把篱笆扎得紧紧密密的。他忙完就要走，走之前，拎过带来的一个小手提袋说：“去县里开会，顺路去批发街买了几件新衣服，让孩子换上，穿件新衣精气神清爽。人嘛，总是要朝前看向前走嘛。”黄定要愣在那里老半天，没吭声气，手上还是攥着拆过封的那包烟，一根也没递出去。

那几天村里的是非多，有胆大不怕事的村民拦截了黄焕胜家不听话的羊，指名他上门道歉认领，还有人把捉到的羊全身涂抹了黑锅灰，左右两侧用白石灰水写上“黄八蛋”。这几个字深究起来没什么，石喊坪多数姓黄，要骂也是把全村的黄家都骂了。但黄焕胜看到回家的几只黑羊和身上的骂名，脸就拉黑下来，拎桶水在羊圈里刷洗了大半夜，也挨个把村里人骂了大半夜。

黄焕胜走南闯北，咽不下这口气，盘算了一夜，天亮了，喝了两杯早酒，就从家里出发了。村部前坪上的吵闹声越来越嘈杂，像归巢的蜂群降落在耳旁。我估计他们差点要打起来了。如果像过去有人烧火没人劝阻的话，那阵势一定是要打一架才会收场的。

黄焕胜像只汽油桶把自己点燃了。他气汹汹地冲进村部一楼大会议室，四处张望没看到昌队长，略显失望，他是冲着昌队长不会这么早出门才来的。屋里只有黄秘书坐在那里抄抄写写，他撸了撸袖子，紧了紧皮带，声洪音亮地说道：

“我今年十万的收入，现在打水漂了，都是借的钱，拿命去还呀。”他左右看看，无人搭理，又提高了嗓门，“村部死绝哒，连只鸟影子都没见。”

黄秘书抬头睨视，继续抄写着，嘴里劝道：“少安毋躁，有情况反映情况，有困难反映困难，不要把村部当成自己家，这里耍威风，没人看。”

“你说话不管用，我懒得跟你费口水，我要见昌队长。”

坪里几个看客捂嘴哧哧地笑起来。

“黄焕胜你莫嚣张，别给脸不要脸。”黄秘书火了。

这时昌队长从屋后菜地转进来，拍了拍沾泥的双手，眼睛盯着黄焕胜，眉头皱起向上翘。

“昌队长是讲理的干部，这个事怎么解决嘛，你们不来的话，他们绝对不会种什么果树。”

瞅着昌队长不吭声，黄焕胜借着酒劲拉高了声音：“你们来扶贫，把我扶倒了，不给个说法我就把我的羊都赶到村部来。”

“来一只杀一只。”黄秘书把笔朝桌上一摔，瞪着眼发怒了。

“你杀羊，我杀人。”

“大清早的说什么杀来杀去的，看哪个敢乱来！”昌队长心知肚明黄焕胜的小九九，挥了挥手，要他别再浪费口舌了。

黄焕胜身为石喊坪的养羊大户，过去大部分山头都是荒山，他的羊群满山跑随地吃都没人管。现在扶贫队鼓励村民开垦山地，扎篱围栏种果树，但只要有个小洞，羊就钻进去啃了人家的果树苗，村民找上门要黄焕胜赔偿，他的羊再也不能像以前那样随地散养了。

“我不是建议过你把羊集中起来圈养吗？”

“圈养吃什么，不给它吃，怎么长得肥，长不肥，怎么卖出去。我的羊都是跟人签了标准化养殖协议的，达不到标准你们要承担责任。”黄焕胜说了一通理由。他放养图的就是省事，过去羊自己吃，现在要他满山去割那么多羊吃的草料，这可是件苦差事。

昌队长见他蛮不讲理，也发怒了，说：“那山地是你一个人的吗？人家种自己的地，谁的羊也不能到处跑。”

“羊自己要跑，我怎么看得住，我连自己都看不住。”

“不能因为你一个人养羊，耽误了全村人的脱贫大事吧。”昌队长态度强硬。黄焕胜又哪里不明白，眼下从上往下都在齐心协力抓扶贫脱贫，自知说不过理，不吭声了。

昌队长缓和了语气："你自己考虑清楚，真心解决问题我和你一起想法子，无理取闹就找错了地方。"

"我看你也没真的法宝。"黄焕胜讥讽道，又重复着此前那几句赔偿损失的糊涂话，出门往山上去了。

闹事的黄焕胜是村里有名的暴脾气。气不顺的时候，连老父亲也敢打。他老父亲住在祖屋，房子半边快坍了也不愿搬走，村干部上门提醒，黄焕胜牛气得很："坍了就埋在里面好了。"

老父亲被打，跑到村部告状。黄秘书被推选出来，去批评教育黄焕胜。他理直气壮："这是我们的家事，我打人是有理由的。"

黄秘书呵斥："打人什么理由都不对，何况是儿崽打老子。"

黄焕胜鼻孔哼哧一声："你问问，他打没打过他老子？"

老父亲低头不语，突然抽泣起来。黄秘书后来搞清楚，老父亲年轻时对黄焕胜的爷爷也是动手动脚，追着山坡赶着打，那个老老头的手被打折了，没接好，临死前还是下垂的。再往上追溯，黄焕胜的爷爷也打过黄焕胜的曾爷爷。至于他们家族往上走是不是都是这样的传统，已无从考证。黄秘书真觉得自己多此一举掺和了别人的家事，悻悻地走了。

黄焕胜冲躲在屋外的父亲说："告状也不嫌丢人，回家了听话点。"又朝黄秘书的背影丢下一句话："一代打一代！"

黄秘书当笑话在酒桌上说，村里人很长时间看到黄焕胜，就哄笑着说，一代打一代！

有一天，黄焕胜在外打工的儿子回来，也是这个短命鬼出车祸前最后一次回来，不知什么事父子俩争吵起来，儿子抄着根家里的扁担跟在后面追，黄焕胜大呼："救命！儿子打老子，要出人命啦。"

他这么一路跑过去，绕过村部，黄秘书几个在窗户洞里伸头望一眼，也不出来阻拦，后来思量着怕真出什么事，就跟着去追看，刚好目睹黄焕胜从桥上直接跳到水里，脚下踉跄几步，扑腾落水，呛了几口，然后惊魂未定地奔向河对岸。我站在桥头，看着他狼狈的样子，却不敢笑。我怕他报复，村里老人、女人和孩子，黄焕胜是说打就打的。黄秘书和几个村干部，指指黄焕胜，又看看他儿子，叹了口气，这可真是现世报，一代打一代。然后，看热闹的人捂着嘴哧哧笑着走了。

黄焕胜常年穿一件蓝白条纹衬衣，外面套一件上了年头的黑西装，洗得有些发白，且胳肢窝处太紧了。他喜欢把衬衣领口扣上，但那半颗领口扣子时不时从扣眼掉出来，露出脖颈处的一块褐色胎记，上面长了两根细长的毛。他是石喊坪少有的几个见过世面的人中的一个，年轻时出外闯荡，有过几次被人茶余饭后当谈资的发家史。第一次发家是电打鱼，接着到城里开了家烧烤排档，往后和姨夫合伙买了辆中巴跑客运。前面两次是赚了钱又都挥霍了，先是买了辆嘉陵摩托在村里嘟嘟转，隔了两年买了辆二手捷达，酒后驾驶开到山沟里报废了，人也断了两根肋骨，赚的钱对家庭建设的投入几乎为零。

村里人说得最多的是他跑客运的那段历史，那时黄焕胜阔气，装的烟是黄杆杆的芙蓉王，黄秘书在鼻孔下吹口琴般地嗅过烟身，将烟嘴在左手大拇指指甲上磕几下，酸溜溜地说，狗日的黄焕胜你能呀，自己当司机，姨妹子售票。然后不说了，几个在场的人就嘿嘿地笑。

后来的事情印证成真。每天早出晚归，黄焕胜不知施展了什么魔法，与姨妹子好上了。起初他们撒谎说车抛锚了，有时在县城车站，有时是半路上，有时在白天，有时是晚上。终于有一天，姨夫把他们堵在了车站附近的旅店。黄焕胜的脸被打肿了，嘴角流血，姨妹子跪在丈夫面前磕头求饶。最后的了断是，黄焕胜投的钱打了水漂，车子股份无偿转给姨夫，姨夫另请司机跑别的线路，两家再没了往来。

黄焕胜灰头土脸回了家，三起三落，他把自己看作一个落草的英雄。祸不单行，没过多久家里又出了意外，儿子车祸被撞死了，儿媳妇也跑了，丢下两个孙子给黄焕胜夫妇。他婆娘一天到晚抹眼泪，数落他在外面干坏事遭报应，要不就是在耳边叨咕，不多挣点钱，让孩子将来去镇上县里读个好学校，难道还像我们老鬼咯样在穷山里守一辈子啊。黄焕胜懊丧了几天，又活过来了。是啊，儿子再不会追打他了，一代打一代终结了。他勇气可嘉，没过多久，灵机一动，托熟人贷款养了百多头羊。

昌队长主动登了黄焕胜家的门，他们在屋里叽叽咕咕，像是交换各自的秘密。没过几天，他家的羊被镇上的车拖走了，又从外面拖回来一车果树苗。村里人传开了，黄焕胜把羊卖了，县里一个养羊大户全收去了，那人包了县城南郊的一片沙洲，羊群放养随便跑。这笔买卖当然是昌队长联系的，价格卖得理想，黄焕胜拿了存折回了家，关上门就开心了。夏橙、玫瑰香柑、雪梨，扶贫队承诺说愿意开垦荒山种果树的，树苗免费，种多少送多少。白捡钱的生意黄焕胜是不会放过的，他之前大清早出门，披星戴月才回家，半个月把十来亩山地翻耕了一次，这一下就种上了一千多棵。昌队长没有食言，派人装车送来果树苗的时候，黄秘书心有不满，办交接磨磨蹭蹭，鼻孔里哼哼哧哧："黄焕胜天生是个打算盘的好手。"

黄焕胜有个特点，想干活，再苦再累也不退缩，那个勤快麻利，村里没几个人能比。种果树大半年下来，他就扑在果园里，施肥、剪枝、锄草、松土，下雪后起床第一件事就去把树冠上的积雪摇落。有一回黄秘书半夸奖半讽刺地说他种果树这活干得漂亮。他说：“干活干活，干好才活得好呀。”

人糙理不糙，黄焕胜走南闯北也不是吃白饭的。村民有时恨他言语锋利刺人，有时也佩服他干活的卖命劲。山上，田里，哪里都是汗水才换得来的收获。这一年多来，他三天两头往山上跑，果林长势最好，夏橙花开的时候，像刚下过一场鹅毛大雪，满山坡的绿叶枝上白花朵朵，芬芳弥漫。农技员也专程看过几次，表扬他能干，过夏入秋就会挂果。有天回到家，他得意扬扬地跟屋里的婆娘说：“农技员来看过了，等着金秋好收成吧。”

“那真得感谢扶贫队，昌队长是个好人，来这里忙得年节也回不去，对我们石喊坪是真心地好。”婆娘把饭菜端上桌，唤着两个贪玩的孙子过来吃饭。

黄焕胜呷了口酒，说：“你个女人家懂什么，看他是遇到了谁。我那不过是耍了个计，早就想把羊卖掉种果树了，这不都让昌队长出面弄好，羊卖了，果树苗也没花钱。”

婆娘说：“你就想着挖公家的墙脚，人家待我们诚心实意，你以后少寒碜点，丢脸。”

“人活着不都是在慢慢把身上的东西丢掉吗？”黄焕胜叹了一声，说，“我听说下个月昌队长要走了，我还真是要去送送他，谢谢他。他又给我出了个主意，买个二手的农货四轮跑运输，每年跑跑送果的季节就有得赚了。”

“把家里几只母鸡给昌队长带回去吧，城里人哪吃得到这么正宗的土鸡婆。”婆娘也觉得这是个好主意，说完就朝鸡笼里刚归家的一窝鸡骄傲地看了看。

傍晚我从黄焕胜家门前走过，他们的谈话传到耳里，我心里一搐一抽的。昌队长哪会去与黄焕胜计较，他心里明白得很，谁的花花肠子曲曲绕绕，谁的小算盘歪主意，都让他当面或事后给撂明了。村部开会时他也经常说，办法总比困难多，农村是最基层，脱贫攻坚不是喊口号，为人民服务也不是图嘴巴子顺溜，落实到行动上，关键是解决矛盾，劲往一处使。

他对黄秘书说：“黄焕胜勤快，勤快的人品性就差不到哪里去。”

他又说：“黄定要也勤快不懒，但他们家这个实际情况，一时半会儿也没好方子药到病除，因病致贫的弱势群体，以后村里还要多关心。”

几个月前，昌队长把市里送医下乡的医生请到我家。那个戴眼镜的医生给我和恩妈查看了一番，摇摇头不语，又给姐姐听诊检查，露出了一点微笑。眼镜医生临走时给姐姐开了几种药，过两天药送过来，药盒上都写清了服用时间和剂量。那些日子，姐姐穿上昌队长送的那件粉色缀花连衣裙，坐在照进堂屋的阳光下，我隔老远看过来，差点没认出来。这是谁，她长得真美，怎么会在我家。石喊坪从没看到过这么漂亮的女崽。

“你姐姐要是没这个病，我一定让她嫁个好人家，不在我们黄家过这个造业的生活。”黄定要说的时候，我心痛得哭了。他就这么说过一次，以后再也不说了，可我每次回家远远看到姐姐坐在门口的身影，就要涌落几行泪，泪珠落在地上，一颗颗啪啪响。

村部坪前站满了人，哪一次的村民大会也没聚这么齐旺。这些人都提着包，挑着竹筐，里面装着活蹦乱跳的鸡，藏了一冬的硬邦邦的山茶叶，山上挖的草药，晒干的金银花，油炸好的地瓜片。他们都是来送别昌队长的，村里人人都喜欢的这个扶贫队长明天就要打道回家了。

人要走了，但石喊坪的面貌真是说变就变了。两年驻村说长不长，眨眼就过了。黄秘书逢人就夸，昌队长是个难得的能干人，吃得苦，霸得蛮，省里跑项目争资金，市县两级协调具体实施，个个项目亲自参与规划设计监督施工，干的都是给石喊坪打基础的实事。黄秘书的官话我听不懂，但村里那些变化有目共睹，大家都说昌队长的法宝管用，但具体是什么法宝，我一直没见着也没搞明白。我心里搐动伤感，是昌队长真正要走了，还以为他一来就开垦菜园子，是要把石喊坪当自己的家哩。

黄定要安慰我，昌队长有自己的家。可我明明听到他亲口在村民大会上说过，石喊坪就是他的家。

我心里还有一个伤心的秘密，后来我知道村里很多人都保守着这个秘密，他们和我一样，都愿意这个秘密没有发生过。有天夜里，昌队长打着电话突然失声痛哭，说他不是想逃避现实才下乡的，说总要做成几件实事才对得起这个地方。我问黄定要，现实是什么？他说现实就是正在过的每一天。黄定要也哭过，也逃避过，但昌队长来了，他不逃避了。我不明白，每一天都要来也会走，为什么要逃避呢？昌队长的电话挂了，黄秘书拎了瓶酒进来，两人喝着酒，呱啦了好久。我听清楚了，昌队长有个儿子，几年前得白血病没了。喝到后面，昌队长破涕为笑，与黄秘书紧紧拥抱，互相拍打着后背。黄秘书说了一句好诗意的话：让我们的笑声变成石喊坪的花香鸟语。昌队长翻来覆去地说着一句话，是他要特别感谢石喊坪。

我不明白，他帮了我们，却还要感谢我们。是喝了酒的人才会说这样让人摸不着头脑的话吧。

我问黄定要去不去？他朝村部的方向望了一眼，那边光亮闪动，热闹得很。他絮絮叨叨，昌队长是好人，帮村里干的好事太多了，帮我们家也太多了。自打他来我们家一次，破旧东西甩出去不少，又添了些送的新物件，屋里顿时变得亮堂起来，原来都是那些破旧遮住了光。姐姐穿上新衣，吃了治病的药，像是变了个人，不再躲在暗屋子里了，她看人的眼神有了笑意。我还发现黄定要的背比过去挺直了许多，对恩妈的一言一行也温柔了许多。前些天昌队长又来了，和黄定要交代，他说与乡联小校长都讲好了，秋季入学就让光跃去报名上学。黄定要傻乎乎地站着，眼泪不争气地流，我扳着指头算，那时正好到了我们家夏橙花果同枝的时候了。

“你去送送昌队长吧。”黄定要捡了十来根山药结绳打捆，放到我面前。

“我去拢拢鸡生的蛋吧。”我们家的鸡吃山长大的，有一只专生双黄蛋，是黄定要眼中的宝贝。

“昌队长对你好，对我们家好，你要说几句真心的感谢话。”黄定要找出一个蓝靛色的布袋子，让我把鸡蛋装里面。

来接昌队长的车，尾厢盖打开后，大家争先恐后地往里塞，空间小，一会儿就塞满了。昌队长哭笑不得，又一样样拿下来，像分果果一样地把东西往村民手里塞回去，推推搡搡，有的收下带回去了，有的哭啼着丢下就跑了。黄焕胜送来了四只鸡，装在一个纤维袋里，剪了四个小孔露出鸡头透气。他说：“队长，屋里婆婆念你的好，瓜子不大是人心，我们的一点意思。”

“黄焕胜记人的好，真是难得。”黄秘书打趣一句。

昌队长不收，天热路远，怕没到城鸡就死了。黄焕胜不讲道理，撒泼说："你不收我就打死它们。"说完就捏起了拳头。

说真心话，我才不信他会一拳打死四只鸡。昌队长推托不得，无奈地收下了。黄焕胜又说："明天出发我要看着你把鸡带上车。"

昌队长点头，连声说"好"。转身他就递给了黄秘书，使了个眼色，说："赶紧让人把鸡杀了，放到你们家冰箱，留给后面的工作队打牙祭。"黄秘书说："那明天黄焕胜要看不到鸡怎么办？"昌队长说："放心，我自有办法，你记得把原袋子留给我，到时我使个障眼法，保证他看不出破绽。"

他们的对话黄焕胜没听到，我却都听到了，当然不会告诉他，等昌队长走了以后，我再跟他说，气气他。

黄焕胜像是看穿我日后对他有什么邪恶念头，朝我打招呼："黄纫机过来啦？"

"嗯……嗯。"我点点头，喉咙里老半天挤出几个干涩的音节。

"那你过来呀。"他见我一动不动，就朝我走过来，我后退几步，他说，"你紧张干吗，我又不吃人。"

黄焕胜肯定是不吃人的，不然这些年，他早把我吃掉了。我这么一想，自己都乐了。他问我："你来干什么，也是来送昌队长吗？”

废话，你们都可以来送，我为什么不能来。当然也不能这么反驳，只是点头表示他猜对了。

“那你过来呀，道个别吧，你看昌队长对你最惦记最关心，这一走，他就不知什么时候再回来了。”

他说的是实话，我很感激他帮我把心里话说出来了，这个时候我第一次觉得他是个大好人。我羞涩地向前走了两步，身体歪歪倒倒的，一紧张嘴就是歪的，涎水差点就要流出来。我努力想把身体走得直一点，还是没做到。也许跟黄定要的驼背永远挺不直一样，我这辈子也做不到了。

我张了张嘴，想说的话在喉咙口就被拦截了，被堵得严严实实的，找不到缝隙挤出来。我的脸涨得通红。昌队长热情地向我挥手，喊道：“光跃，名誉村长，黄光跃，你过来。”他有次开玩笑说我对村里的情况了解得和村长有得一比，就给取了这么个绰号。

“昌……昌队长，我……我……”我一点也不紧张，我们已经很熟了，但半天还是没“我”出个名堂。

黄焕胜已经走到我身旁，帮我打开手中的蓝布袋，开始数起来。

一，二，三……

我说："不用数，只有七个鸡蛋，一半是双黄蛋。"我的喉咙像昌队长派人修通的渠道，突然就水流顺畅起来。

"那你送过去啊。"黄焕胜露出开心的表情，鼓励着我。

我说："我想凑齐十个鸡蛋，但……但鸡受了吓，这两天，偏……偏偏没下蛋。"

昌队长到车尾厢翻了翻，然后背着手走了过来。他把手伸进我的布袋子里，是三个鸡蛋。正好凑了个整数。我太高兴了，眼泪漫过眼眶就溢了出来。昌队长拍拍我的肩，抱紧我，在我耳边对我说："天晚了，早点回家。"

我看着他，黄定要让我说的感谢一句都还没说呢。昌队长那张脸在黑暗中发出清亮的光，眼睛鼻子眉毛，都能看得清清楚楚。我想说，你来了后，村里的路灯都亮得很，回家的路再晚我都看得见。我还想说，夜再黑，天总会亮的。但我张开嘴，牙齿磕碰，依旧没有声音。这时只见他的脸上，两道泪水唰地流下来了。那是我的眼泪从他脸上流过吧。

走　山

脱贫的脱法很多，提高生产力不能少，出了能人，先富带后富。具体怎么办，照昌队长平常讲的，稳定脱贫必须有产业来引领。

台风夜里过境，没有爬上西边大岭就走了，“尾巴”象征性地拂了一下石喊坪。清早起来，人们蹑手蹑脚，想看一个变样的村庄。门前屋后，风扫落叶，龟缩一角，长得茂密的草地像梳过后打上摩丝的发丛，朝着一个方向——台风撤退的方向。

几个村民站在三岔路口，议论着九号台风的稀奇名字。

“叫什么蒲公英，依我看应该叫穆桂英。”

“戏里唱的是穆桂英下山，别牛胯里扯到马胯里。”

“我就说嘛，我们家祖宗八代没见过海，台风大老远跑过来，电视里看得凶暴，只怕有气无力，爬不动了。”

转身看见村支书黄旺生站在村卫生室门前骂人。他们相互窃笑，又立即噤了声，细听哪个倒霉鬼惹恼了他。

“连块牌子也看不住，碰到哪天检查组下来，你们这些操蛋的不拢边，到时我来挨批评。”他们探看，原是村卫生室的蓝色招牌找不见了。没到腊冬烤野火，没有人会偷块木牌子，只该是风吹掉的。

黄旺生动辄飙凶腔，骂人不眨眼。坏脾气也像台风，说来就来，说走就走。世故的村民懂得，与领导做斗争没有好果子吃。只有村主任蒋保成不怕，两人经常对着干仗，红脸出汗是常事。碰上两个干仗，有村民作壁上观，他们好奇两位地方长官能否分个胜负，最终吵出个什么名堂，甚至不怀好意地盼着来一场决斗。但村民发现战火最后竟然是烧到了他们身上。围观者被两人一顿臭骂，应了那句老话：“神仙打架，小鬼遭殃。”

县里把一顶贫困村帽子戴在石喊坪头上，黄旺生觉得脸上无光，他当村支书快二十年，也是有过抱负和梦想的，谁承想过来这么个插曲。

“一亩山茶百斤油，娶回媳妇盖高楼。”“房前屋后果林茶，一塘肥鱼一群鸭。”别的村介绍经验编了顺口溜，获了这个先进那个示范的奖励，在他心里却是满嘴跑火车。谁叫石喊坪的地理环境、自然条件最差，只有羡慕嫉妒恨的命。他想过些法子干好村里的工作，也捧回过几块牌子，分量虽轻，排名虽靠后，但总归是一份荣誉。手长衫袖短，人穷颜色低，他又不得不认了这顶“贫困”

帽子，全村一千二百多号人，贫困户人口占了一半多。

“不戴也得戴，非石喊坪莫属！”乡长批评他。

“卵弹琴！”黄旺生恼羞成怒，咬牙切齿。初中毕业浪荡了两年，家里托关系送他去上海当了两年汽车兵，部队每次政治学习连指导员第一个表扬的都是他。当上村干部后，上面每有新政新事，他都会组织党员和村民学习，会议笔记抄得工工整整，台账方案分门别类一清二楚，来检查的上级领导没有哪回不是竖拇指的。有人讽刺他只会做这些表面文章，他反唇相讥：“花拳绣腿也是功夫，你还学不来。”

扶贫队长昌向明走过来，无人注意，直到他穿过卫生室左侧的那块空地，走到半口塘边上，在草丛里用脚扒拉了几下，俯身捡起那块夜里被雨打湿的木牌子。他把木牌搬到卫生室门口，蒋保成一溜小跑，不知从哪里找来了大铁钉和铁锤。

过去村里也来过蹲点的扶贫干部，大多每年象征性地来几回，资金、物资拨付到位，工作也就万事大吉，县里考核评优就根据资金多少和部门地位进行年终排名。这次，村民发现新来的扶贫队长“不对劲”。

这位曾在河南新乡深山老林服过役的少校连长，某地面机动部队的师部参谋，转业后的省厅一处长，看起来深藏不露，也有点不怒自威。他刚到石喊坪就马不停蹄地走访了三天，到所有贫困户家串了回门，也把村里的道路地形勘探了一圈。第四天，他手绘出了一张包括全村交通、道路等基础设施的路线图，标出哪些路段需要硬化，距离有多长，哪家哪户的屋宅是危房，山塘沟坡的地点方位，标识堪称精准。他像是在这里住了多少年的原住民。村民对着这张图，驻足端看，赞不绝口。对一位擅长画图的作战参谋来说，这是小菜一碟。黄旺生鼻孔里哼哧了一声，心想，这也是位花架子高手。

后来，昌向明亲自垦荒、种菜、开火、下厨，黑了十几年的老村部三更半夜都是亮通通的，有村民来跟他聊完天，他还要钻进房里加班工作。黄旺生悄悄瞅过几回，摇摇头就走了，没见过这么拼命的干部。他想看他到底要搞出什么名堂。

没过多久，一份详细的扶贫工作规划出来了，漂亮的手写稿，特别是要实施的那些村级建设项目，量化到了路有几条，水渠有多长，村民的贫困状况也分了个甲乙丙丁。黄旺生晓得上面派来了个厉害角色，还不知揣了些什么别的本事。单说台风来了，西边大岭的几个老病坡没有走山，也就是通常说的山体滑坡，多亏是昌向明找来资金提前做了护坡和岩锚。虽说眼见为实，心中仍有不服，想到自己毕竟是当了二十多年的村支书，是石喊坪真正的一把手，人家不过是铁营盘上的流水官。

他掂量了好几个不眠之夜，对这位省里下来的驻村扶贫干部，既想讨好又保持着距离，想亲近又不敢真正交心。布置的任务，若不合意，他就明里配合，暗中阻挠。昌向明也有个性，表面上一声不吭，实则主意一定，就从没改变过。村民和几个村干部明显都在拢近这位扶贫队长，黄旺生心想，待你嘚瑟几日，总有纰漏，到时再把大权一举夺回来。

蒋保成个子矮，但不服矮，踮起脚挂木牌，好不容易把左右两边的挂口固定好，妇女主任葛丽英搬来了一把高脚凳，并帮他扶正牌子。他手蛮力重，砰砰几下把钉子钉进去，从凳上跳下，左右摇了摇，木牌纹丝不动。他眼球上都是红血丝，昨晚在山坳守了大半夜，就怕走山滑坡伤了过路车辆和村民。他嘀咕了一句："蒋东海还没回？"

葛丽英说："他去了瑶山，岳母娘过世，是有好几天了。"

"不会让台风给刮跑了吧？"

"要不就是躲到亲家母屋里了。"

"猪是跑不脱猪圈的。"

几个村民在一旁交谈，偷笑。

"老蒋，你打个电话催催他，村卫生室没人，上面真要来检查，村民突然有个急病要治，都不好交代。"黄旺生话里是批评的语气，像是责怪村主任监管不到位。

“人家岳母娘就死这一回，瑶山那边下葬选日子，拖几天就几天吧，检查组也要讲人情吧。”蒋保成说完，又敲了几下钉子，像是对黄旺生的回应。一转身，他还是摸出手机打电话了。

昌向明笑一笑，没说话，踱着步向半坡走去，远远可以看到黄焕胜承包的二十亩夏橙园，并无异常，多亏提前做了防护。黄旺生犹豫了一下，看到蒋保成拎着锤子跟着，就一脚踩开路边的一块石头，吐掉嘴边的烟头，拔脚跟上去。

昌向明到石喊坪来选点那天，遇到了走山，大小车辆被一座赭色土堆拦住，一时半会儿通不了车。山区此事常有发生，村民抽烟闲聊，并不性急。他只好下车步行，路过几个维持秩序的乡干部身旁，听到正在电话中发脾气，为了挖掘机费用发生的争执。他看到那面山壁是顺向坡，地质疏松，这种地段开路之后，土石易滑，即使插上几个岩锚来固桩，时间久了，碰上暴雨，岩盘风化，岩锚松动，或是边坡砂岩、页岩层遭水入侵，就会引发走山。昌向明在工程部队待过一段时间，知道修路多要避开顺向坡，真是无法避免，就会采取设置边坡防护和地锚来加强。他也参加过救援救灾，看过整座山头像河流一样顺势下滑的走山现场，山上的树木、房子、电线杆，摧枯拉朽，一泻十数里，景况骇人。

他是后来才知道，那一天，黄旺生和蒋保成干了一仗。导火索是养羊户黄焕胜和他的那群“喜羊羊”。羊群归圈，总有几只捣蛋鬼要蹿进庄稼地“扫荡”，踩苗啃叶，村民有意见，顾忌到羊主人是个刺头，只好到村委会投诉。黄旺生不表态，蒋保成亲自上门做工作，让黄焕胜在荒山坡建个围栏，把羊圈起来养。黄焕胜不愿干，家里原本有个圈羊的后院，又要投劳投钱，且人在山下圈在坡上羊被偷了也不知道。他的思想工作没做通，啰啰唆唆惹烦了，把蒋保成大骂一顿赶出门。

蒋保成回到村委会，郁闷不过，找到黄旺生，声称要对黄焕胜下最后通牒，如果不圈养，就要他签字保证羊不准破坏了农作物，否则翻倍赔偿。黄旺生不想担这个责，谁都知道黄焕胜犯起浑来连老父亲也打，过去几家养羊户都是放养，村里没提出过任何要求，现在针对乡里鼓励的养殖大户黄焕胜制订规则，他怕惹一身羊臊。

“男子无性，钝铁无钢。”向来本分寡言的蒋保成上了火，拍桌子骂黄旺生不作为，没担当。黄旺生见他爬梯子上树，也不示弱，两人当场就在村委会吵了起来。这样的争吵过去也有过，吵了也就吵了，下次见面又没事了。谁知道黄焕胜闻讯而来，矛头转向二对一，两边越吵越凶，个子高大的黄焕胜撒泼是出了名的，他声音粗暴，推推搡搡，蒋保成节节逼退到坪前沟沿边，脚下一滑，掉进了水沟里，溅一身湿泥，当晚虚火上攻，感冒咳嗽了一礼拜。

“白当了这个村主任，连个党员都不是，摆什么格！”黄焕胜说他并没有动手，蒋保成是被这句话推下去的。

对蒋保成来说，这确实是句伤人的话。让人料想不到的是，感冒刚好，他背了一些废旧竹木上山，找一个坡旮旯，忙了一整天，修起一个新羊圈棚。然后让葛丽英捎话，圈棚有了，羊再惹事，主人严罚。黄焕胜自知理亏，看到羊圈修得不赖，再去放羊就上了心。羊不犯事了，村民当面背后就念蒋保成的好，宽宏大量，有气度。黄旺生知道了却不高兴，说：“村干部哪有这么当的，霸蛮惹事的还得了好，讨选票也不是这么个搞法。”

石喊坪村委会七名干部，蒋保成一直被看作“二等公民”，关键就是他非党员的身份。很多事情要村支部开会商议通过的时候，他被排除在外。

也不是蒋保成不积极，六年写过三份入党申请书，一份比一份用心用情，也参加了乡镇的党员积极分子培训学习班，可到了村里党员投票时，始终通不过，每次只有三票。这三票都来自他们小组的一个本家，老党员蒋喜妹和妇女主任葛丽英。党员投票通不过当然与黄旺生有着密切关系，他逢支部会党员会就暗示，步入新时代，对新党员的标准要求在提升，只有标准严了，人没瑕疵了，基层党组织才更有力量，群众才更信服。

明眼人知道他压根不想让潜在的“假想敌”蒋保成顺利入党，有人背后说他只讨得媳妇嫁不得女，不听话就受梗。蒋保成在村里有他的影响力，办事公正，吃苦扎实，民意基础好，村民代表大会和换届，他得票极高。偏偏入党的事受阻，他脾气倔起来，就吐槽说，他是群众投票选出来的，村里党务之外的事应由他说了算。言外之意是黄旺生无非就管了村里十九个党员，没什么值得得意的。一来二去，因为此事，两人有了积怨，具体到某项工作中，就互相挑刺，故意对着干，你不让我舒坦，我也不让你顺畅。

夜里跑到村部来找昌向明聊讲的村民，当笑话一样就把这些老矛盾旧纠葛抖搂出来。

当初，昌向明下来选点，县扶贫办推荐的都是县领导的联点村，十几个有背景有特色的贫困村他一个都不想选，也不是怕得罪也不想讨好，就想找个没有背景的贫困村干出点变化。中途，他到办公楼公共卫生间蹲厕，听到两个来参加另一个会议的乡镇干部聊天，说石喊坪村的支书，到底是大地方当兵退伍回来的，视野宽，能力强，搞事有杀伤力。也是部队转业的他，从厕所出来就独自跑去了石喊坪，离县城不到两小时的车程，村部虽简陋，但摆饰齐整，墙上玻璃框框规规矩矩，制度规章一目了然，村容村貌也还洁净。黄旺生陪着走一圈，话说得利落大气，人穷志不短，不像有的村支书半天碾不出几句顺溜的话。

走这一趟，昌向明把那些关系村撇开了，上面无人干涉，可以放开手脚干事，这是他的初衷，却没想到村里的班子建设埋了个地雷，或者说已经“走山”了。这位从大学到部队再到地方，当过好几个党支部的老书记，暗自着急，不理顺关系不扎紧篱笆，石喊坪的发展就真是掣手掣脚。

他想挖一挖两人之间还有否别的心障隔阂，人的关系说复杂也简单，最关键是心里要清爽。暗牖悬蛛网，不把蛛丝马迹扫干净，再给人讲道理也白搭。他喊了村干部单独闲聊，要他们直言不讳。村秘书黄顺发锁眉捂嘴，双眼四顾，忸怩不语。此人长相精瘦，十六岁就当村里的团支书，村里第一个穿西装的干部，这些年风风雨雨，后来干过村支书、村主任，一辈子就在石喊坪打转转。人不坏，就是有些狡黠，好高骛远，敷衍虚浮，总是露出“狐狸般的胜利微笑”。村里有人暗地讥笑这是个精明但没落得好的男人，他不介意，几年前老婆上山垦地，失足摔死后，他哀伤了几天，又开始了热气腾腾的生活，照旧走门串户，喝酒吃肉，还和一个寡妇好上了。两边子女都在外打工，平时两人在一起开伙启灶，逢年过节子女一回来，又各自归家。

他说："打个比方吧，两个人就像游泳的鸭子，上面来了人，表面上风平浪静，下边恨不得拳打脚踢。"

"为什么不对付？"

"都是好人，都是能人，一山两虎，岂会不斗？"

葛丽英的母亲也当过村里的妇女主任，老主任对女儿的教诲就是，不要站错队，跟错人，但看得出来葛丽英是站在蒋保成一边的。她心直口快："人都不坏，性格问题。一位在外面见风使舵，在村里说一不二；一位说话磕磕巴巴，但干事脚踏实地。"

昌向明鼓励她往深里讲。

"不怕穷，就怕心不齐，这也是石喊坪的短板。党员开个会也难整齐，哪怕开会了，也是黄旺生在上面说话，下面死气沉沉，心里猫挠般盼着早散了。"她说完，又嬉笑着补充道，"走出这张门，话就不是我说的。"

茶余饭后，村民要么岔开话题，要么委婉含蓄："金无足赤，人无完人，谁个没缺点，石喊坪离不开黄，也少不了蒋。"

"两公婆一屋人都少不了争吵，秤不离砣，砣不压秤，落了砣，打得脚疼。"

七一前夕，昌向明访贫问苦慰问老党员。到了年过七旬的蒋喜妹家，碰到这位"铁姑娘"又在说着"头可断血可流，不引冯水不罢休”的往事。他听过几遍了，第一次走访到蒋喜妹家，老人拖着他碎碎叨叨讲了大半天。

那时乡镇还叫公社，村民叫社员。比石喊坪更山旮旯的大庆村缺水，有的家户又穷又懒，不愿跑出七八里地挑水，等着天下雨。人在山上走，水在山底流，十年有九旱，滴水贵如油。遇到旱季，地开坼，狗趴着一动不动，庄稼和人都蔫头耷脑。公社号召社员们帮扶大庆，请来的县里专家说办法有一条，引水。冯河有水，只是距离绕得远。公社书记动员，与天斗与地斗，与穷山恶水斗，不怕远不怕难，引来幸福引来安。刚嫁过来的蒋喜妹挽起袖子，响应号召，带着十几位年轻人组成铁姑娘队，上山安营扎寨，加入到建设队伍中。单凭“锤打钎凿、肩挑箩担”，花了八个多月，凿出一条有名的冯河渠，修起一道二十多米高的冯河坝，引出了流了千年的冯河水。凿石壁是力气活，姑娘家哪干得动，锤落石溅，轻易就磕伤了手脚。蒋喜妹摔一跤磕到石头，把大门牙给撞没了，挂她嘴边的就一句话，“轻伤不下火线”。天不怕地不怕，凭着这勇气，当时的这位铁姑娘就在火线入了党。

昌向明记得儿时看过不少战天斗地的黑白纪录片，那些迎难而上，勇往直前，敢啃硬骨头的人物，激荡心扉。活生生的“铁姑娘”站在面前，他怀着崇敬的目光细致打量，一双手黧黑粗短，皮肤纹路深山险壑，跟枯树枝没有差异，那次撞脱门牙后，多少年就空缺在那里，她一开嘴说话，声音就发颤，被风吹跑了调。听明来意，蒋喜妹推回递过来的信封。

“你们辛苦来扶贫，给我这糟老婆子送什么钱？”

“您是特殊年代为乡上村里做过贡献的人，党组织没有忘记过你们。”

信封推来推去，昌向明说：“这是省直机关工委特批的老党员慰问金，不占扶贫经费，大可放心，平时多买几袋米，多称几斤肉。”

“每月有养老金，田里有青菜，一个人吃不了。”蒋喜妹漏着牙风，死活不肯要。

昌向明没办法，交代黄旺生，当政治任务完成。

进村半年多，村级党支部依旧照章办事、开会学习，规定动作一样不落，但没多久经历的两件事，让昌向明看到了党员队伍建设的薄弱。风蚀地带！这位第一书记在扶贫日志本上写下这四个字。

第一件事，他做的三年规划中，新的村部综合楼建设是其一。专项资金已安排到位，但重要事项决策都要走“四议两公开”的程序。先由村党组织提议，村“两委”商议后，交由村全体党员审议，最后由村民代表会议决议通过并公开结果。村部盖楼如同自家盖房，黄旺生喜欢揽这面上有光的事，拍了胸脯，结果在党员会议上，唱票结果是蒋东海在外缺席，其余对半开，那些反对的人，是觉得大兴土木，却是给村干部盖办公楼，还涉及几块地的征地拆迁，他们不乐意。

“无牛捉了马耕田，有钱还怕没地方花，多干点实事才是正道。”

“戴了贫困村帽子，还盖新楼，说出去像什么。”

“规划是做得好，还要配套文体活动场地，建乡村大舞台、停车场，这些都要地，请问征地怎么征？”

“征地的钱不是笔小数目，哪里来？扶贫款难道就救济了那几块地的户头？”

大家七嘴八舌，意见不统一。有人质疑是好事，那些问题昌向明已经考虑到了，村部建设原本就有财政的配套项目，扶贫资金不能用于征地拆迁，但乡党委书记拍板了，由乡里调度补偿，但没想到十九个党员的思想都不能高度统一。倒是黄旺生不急不忙，等大家争论完，看似事情陷入僵局，他站起来说：“俗话讲，门前有马非为富，家中有人不算穷。眼下扶贫是真刀真枪铆着劲对着干，石喊坪脱贫解困是迟早的问题，建新村部综合楼这件大事，村‘两委’高度重视，乡上大力支持，所以要党员议，现在票决分不出高下，本着少数服从多数的原则，村里还有个流动党员蒋东海，在城里给大药房超市当药剂师没回来，我们听听他怎么投，以他的选择来做决定？”

大伙同意黄旺生的提议，他拨通电话，打开免提，蒋东海耐心听完来龙去脉，马上表态：“不要村里出一分钱，建一栋新楼，这样的好事求之不得，建了楼人家也搬不走，村里又多了一样集体财产，我举双手赞同。”

事情虽了，但昌向明脸色阴沉。黄旺生暗地在他面前表功，担心出岔子，早备了一手，给在外的蒋东海打了预防针，允诺村医的空缺留给他。

另一件同样不舒心的事接踵而至。春上，新村部综合楼建设立了项，招完标，施工队伍马上就要进场。昌向明回省城瞅着个机会找到省林业厅的老同学协调，要了四百多棵手腕粗细的樟树、杜英、玉兰，打算种在新村部的前庭后院和几条新修的主干道上。老同学办事雷厉风行，这边昌向明接着还去别的厅局跑项目审批和资金资助，人还没回去，第二天接到黄旺生的电话，送来两卡车树，怎么弄？

听那语气，好像昌向明这是找人送来的一堆麻烦。人家送上门的树，不是支援扶贫，也是要花钱买的。他心里不高兴，说：“你们先合计一下，找块空地先把这些树栽下去，等村部建好再移栽过来。”

待他回去，老村部前堆满一前坪，黄旺生还没找到栽树的地方。

昌向明有些生气了："没找到赶紧去找呀，还等人送地呀？"

吃过晚饭，蒋喜妹来找昌向明，说："听说上面送了一些树，临时要找地方栽，我是送地来的。"

昌向明心中大喜，他知道蒋喜妹有三亩地，离规划的新村部不远，但让这位铁姑娘把地送给村里，心里过意不去。

"我已经把地从远房侄子手上收回来，趁着今年开春没下种，你们正好赶紧把树栽下去。"

昌向明见老人说得斩钉截铁，眼下也找不出好办法，就再三道谢，并叫来黄旺生写个租地借条。蒋喜妹拿起借条，却撕成碎片，说："昌队长你来帮我们石喊坪真心实意地办事，我这把年纪，生不带来死不带去，地是国家的，也是村集体的，大伙的眼睛都是见证，大伙心里都帮我揣着这张借条。"

蒋喜妹的深明大义，让昌向明心潮起伏，眼睛湿润。她又把他抓到一边，说了一件陈年旧事。当年蒋保成的父亲给村里放集体羊，遇上一场暴雨，村支书让人去喊赶紧下山，怕走山滑坡，黄旺生的父亲自告奋勇，结果真出意外给滑坡埋了，村里挖了两天两夜才把人挖出来，怀里抱着一头羊。蒋保成的父亲说他是追自家的羊耽误了时间，遇到了险情。但黄旺生的母亲坚持找村委，说黄旺生的父亲是烈士，是因为救人救集体财产牺牲的。事实上，那头羊确实是他们家的，当时黄家孩子多，公社搞集体，黄旺生父亲悄悄留了只母羊挤奶养孩子，被人告发，挨了批，羊也被赶进了集体的羊圈，告发的人偏偏又是蒋保成的父亲。蒋喜妹说："一号藤子结一号瓜。上一辈的结，还锁着下一代的心，得靠你昌队长来解锁。"

昌向明凑到她耳旁说："系铃人都不在了，我们一起来当这个解铃人。"她走的时候，露出缺牙一笑。他想，下次要带老人去省城整副假牙回来。

有了地，栽树之事并没完。那几天偏遇上倒春寒，天气格外冷，昌向明向乡里租了小挖机，让黄旺生找人把树苗栽下去。为了村集体的事，所以栽树是自愿投工投劳，村里没有这笔经费补贴。晃了一圈，昌向明指挥挖机师傅挖好了十几个坑洞，黄旺生带回来两个村民，缩着脖子，双手拢在口袋里，跺着脚骂着鬼天气，蒋保成扛着两把铁锹跟在后面走过来。一看这阵势，四百棵树，不知要栽多久。村民调头想溜。

天色微暗，昌向明皱了皱眉，对黄旺生说："去，马上召集村里的党员开个紧急会。"

十几名党员稀稀拉拉到齐后，昌向明指着外面正在搬树苗的两个村民，又指了指墙上，说："他们是自愿来栽树的，树是将来的绿化树，你们是党员，党员带不带头，看看还记得入党誓词吧？”

昌向明扫视下面，几个党员偷偷抬眼看墙上红色字体的誓词，脸色黯了下去。黄旺生忸怩了几下站起来，说：“昌队长跑省里要来了支持扶贫建设的树苗，树木树人同一个道理，大伙啥都不要说，别愣着了，去干活吧。”

蒋保成让老婆找了近处闭风的地方，烧山里人喜欢喝的梗梗茶，喝茶暖身。石喊坪山高水清，常出好茶，沾满烟火气的梗梗茶，先苦后甘，回味无穷。有个省里来的文化干部临走时带回点茶，过段时间写了首诗寄到村里，里面有两句深得村民之心：千年雾，万年火，一口茶，喝过九大碗，才能不想家。

三天后，树苗都整整齐齐地栽进了蒋喜妹的地里和半口塘边上。

栽树事件后，昌向明觉得事情严峻，村支书、村主任的心结要解，村里的党员队伍建设也不能再拖了，石喊坪脱贫，村“两委”没有凝聚力哪能行，一个村几年不发展一名党员，这种不正常，必须打破。他先去找葛丽英聊天。

葛丽英在村委会干过两届，办事麻利，蒋喜妹说这是个“能干婆”。昌向明暗中观察了一段时间，也基本认同，她开会不说话，像是想着自己的心事，但安排下去的工作没有打过退堂鼓。

昌向明开门见山，让她谈谈对村“两委”和党员队伍的看法。

“发展一个新党员有那么难？”

“乡里不给指标，村里也不积极争取。”

“听说你是站蒋保成一边的？”

“昌队长怎么能这么说，我们搞政治学习，都规定了不准团团伙伙的。”葛丽英笑着说。

“蒋保成入党，别人不投票，每次你不都投了同意票？”

“我的投票权自己做主，不像黄顺发，墙头草，两边倒，我不需要听人家的。”葛丽英说，“既然昌队长说到这件事，我还是公平说句话，蒋保成为石喊坪的付出有目共睹，单看他是家里的大孝子，凭这点也就值得别的党员学习。”

蒋保成的孝顺在村里众人皆知。他父亲是老来得子，五十岁才生下他。二十几岁，父亲离世，他借钱厚葬，请的道场师父唱了三个通宵，村里轰动一时，夸他大孝子。后来，岳父母死，小舅子出车祸，是他送上的山。姐姐姐夫只有两个女儿，过世后，他看两个外甥女刚成年，于是他买好棺木操办丧事。山里乡俗重丧葬，村民说起蒋保成的这些经历，没有谁不服气。

昌向明也发现了，蒋保成话不多，做事不图私利，村民都是自发投他的赞成票。找老一点的村民打听他父亲和当年走山的旧事，村民像是吞了块烫山芋，喉咙咕咕唧唧，肚子里的话被堰塞湖堵住了。黄家人始终认定这是蒋家的污点，父亲死了，也没有评上因公牺牲的烈士。蒋喜妹说：“人就怕只认一个理。那个年代，最大的贫穷就是饥饿，蒋保成父亲勒紧裤腰带节衣缩食，暗地里送吃送穿，没少帮扶黄家人。不能说是他良心发现，是那个时候有的人太耿直，公私太分明。”

黄顺发的摩托车上载着相好家的两个孙子，呼啸着开进村部，塞几块糖给孩子，打发他们一边去玩。昌向明递上根烟，说：“你是老村干部，也是老党员，对村里情况熟，发展新党员，你有什么想法？”

黄顺发嘿嘿一笑：“我没二心，您现在是村里的第一书记，我听书记的。”

昌向明故意逗他：“过去只听黄旺生的？”

黄顺发眼眨眉毛动，做了个奇怪的表情，又从桌上摸根烟点燃，说：“现在只听昌书记的。”

昌向明把眼一瞪，黄顺发自知说话轻佻，脸上的邪皮劲硬生生地抽回去了。

昌向明说：“大道理我也不讲了，现在从上至下，扶贫工作的成效，寄托着群众的向往，也是看基层每一位党员能否践行你们的初心和承诺。”黄顺发点头哈腰，说坚决服从不打折扣。两个孩子发生了争执，打闹起来，他趁机脱身，结束谈话，将孩子连拖带拽上车飞驰而去，看到他的狼狈相，昌向明哭笑不得。

蒋保成进门就站着不动，拘谨得很，有点像个来认错的学生。两人慢慢聊开，说了三四个小时。他说小时候吃过的苦，兄弟姊妹间的摩擦和艰难，说到送家里老死病死的亲人入土为安，没过上几天安生日子。村民信任，支持他当了村主任，他想实实在在办几件事，也深信一点，大家的日子过好了，他的日子也不会差，但处处展不开手脚，不按黄旺生的主意干，什么工作也推动不了。他激动地说："我笨，我犟，又笨又犟，你让乡上撤了我这个村主任吧。"

"不准悲观。"昌向明说。

"可你不知道我有时多悲观！"蒋保成叹息。

"悲观是卧底！"

"我有时也不全是悲观，就是不服。"

"想想革命年代，那么多共产党员在恶劣的环境里，谁敢说没有过悲观呢？但是要生存，要斗争，就不能悲观，悲观会掀翻人的斗志。"昌向明把烟掐灭，"你好好干，还是那句老话，群众的眼睛是雪亮的。"

蒋保成擦去眼角的眼眵，眼泪就爬出来，无声地往下淌。

村里党员一圈谈话下来，昌向明的观点获得了认同。基脚不牢，楼高垮台，石喊坪要发展，团结才能出生产力战斗力，而且要多培养干事成事的积极分子加入党组织。

人与人的隔阂，是一张纸，也是一座山。捅不穿，翻山越岭；捅穿了，畅行无阻。剩下黄旺生，昌向明不着急去攻最后的碉堡。这也是场心理战，不能过早就给对方把底牌揭开了。平日进出，黄旺生怕也是揣着明白装糊涂，不来主动摊牌。屎不臭挑起来臭，他心里在打鼓，夜里难眠不安。

机会说来就来了，过完春节没多久，昌向明要出趟差，到陕西渭南押运一台挖掘机回来。先说说挖掘机充满巧合的来历。春节在家，昌向明翻来覆去地算一笔账，把能调度的扶贫资金拢起来，凑个四十万，再厚着脸皮去单位申请配套二十万，刚好买台小中型挖掘机。村里搞建设，开山、挖土、修路，也就不用在外租赁，等将来建设搞完了，又能对外出租，每年轻轻松松就能给村集体经济增加十万元。这个旱涝保收的点子，他琢磨很久了，经济条件好的地方早这么做了，效果不错。节后上班第一天，他向单位分管领导汇报了买挖掘机的想法，领导认可，表态支持。

回程路上，分管领导来电话，说会上研究这个扶贫项目时，有人说起省中联重机厂过去捐献挖掘机的新闻，当场打电话联系了认识的一位中联负责人，又这么巧，他们厂今年有一笔一百万左右的社会公益项目预算，支持扶贫建设，他们满口答应没问题。目前两个事要急着处理，一是由村里选好机器型号，二是要派人去签收押货。坐在车上的昌向明连声道谢，得来全不费工夫的大家伙，之前计划的资金又可以投入到别的项目上了。他一下就蹦起来，头撞到车顶，咬着舌头，疼得歪牙咧嘴。

回到村里，他组织村干部开会，当场宣布了这个好消息。几个人上网捣腾，挑了一台标价一百零八万元的大型履带式液压挖掘机。“中联重机是响当当的国企，既然开口要，就没客气的必要了。”黄旺生毫不客气，恨不能挖一大瓢。

昌向明与中联负责人联系，报上型号，对方犹豫了一下。他以为不乐意了，大概是这台机器的要价高。沉默片刻，对方开口了，说：“是确定需要这款型号吗？”

他很恳切地回答：“当然，型号我们反复挑选过了。”

对方这才告知，这款机型专供出口，是在陕西渭南基地生产的，要问问有没有现货。昌向明“哦”了一声，心想按照对方话中的意思，怕是委婉的拒绝。过了十来分钟，电话来了，三天后派人去渭南签收押货。

村委会兴奋得炸了锅。因为在山区，稍有些经济基础的村镇，都想着法子购置了挖掘机，碰到发生走山，第一时间赶到清理现场拉通道路，不用向外租赁。凭石喊坪过去那点家底，做梦都不敢想这事，村干部纷纷赞美昌向明脑子活，一鼓捣，就给村里免费送来个大礼包。

黄旺生扭扭捏捏，说：“昌队长，到渭南押车，路途辛劳，我陪您去，相互有个照应，家里的事就让老蒋主持工作。”

昌向明也正得意此事办得漂亮，看了黄旺生一眼，心想：“出这趟差，说不定把他思想疏通了，村里的一些老疙瘩也自然化解了。”他算了一下，来去渭南大概要一周时间，综合楼建设施工队该进场了，挖掘机运到村里来，还是要搞一个简朴的庆祝仪式，请几家新闻单位来报道一下企业的公益之举。把事情安排好，他叫来蒋保成，叮嘱他具体衔接好相关工作。

一台锃亮的挖掘机从渭南运到西安，由铁路运到长沙，在长沙货运站提货后租了辆平板大卡，从高速就往永城走。黄旺生多少年难得这么出趟远门，对昌向明“路边店、方便面、急赶急”的生活模式颇有怨言：“我乡下人出来见世面，没有口福，总还可以饱饱眼福吧。”

昌向明不去理论：“出门在外，做事还是要赶着往前，后面你不知突然就蹦出一条沟坎，一环套一环，误了事不好。”

果然遇阻。前面都顺畅，上了沪昆高速先是遇到前方事故，塞堵半日，进入许广高速湘南段，天又开始下雨，且越下越大，唰唰哗哗，挡风玻璃上一片模糊。司机把车停到服务区，说：“这天气怕是不能跑了，很容易出事故。”

“慢点开，老司机哪有那么多怕这怕那？”这下轮到黄旺生急了。这台挖掘机的体量在全县数一数二，县扶贫办领导等在县城要为他们接风，村里的庆祝活动和捐赠仪式也安排妥当，乡上的长鼓舞狮队都排练好几场了。昌向明倒好，扭头打鼾睡着了。黄旺生这几天奔波虽然辛劳，但使劲也睡不着，眼睛盯着窗外，雨声稍小一些，就催促着司机上路。司机不接茬，瞟了一眼入睡的昌向明，意思是管事的没发话，也就侧身假寐。

昌向明醒来，看到黄旺生撇着嘴，笑道：“天要下雨，娘要嫁人，安全第一，趁机补觉。”

黄旺生对司机有所抱怨，说起部队汽车兵的往事，急难险阻，上级下了命令就要攻坚克难拼着命上。

待他把牢骚发完，昌向明说起蹲厕出来直奔石喊坪选点的旧事。他说：“我听外人说石喊坪的村支书能力强，说一不二，心想我们的脱贫攻坚大业，就是要有好的领头人带着大家撸起袖子干。”

“昌处长来当扶贫队长，才是石喊坪的福气。”

“我一人可没这么大能耐，你的一己之力也不行。”

黄旺生知道昌向明话里有话，想起过往办事刚愎自用的时候，确实是费力戏唱得不好看。

昌向明眉眼上挑，说：“你是村支书，带领全村脱贫致富，是你的责任和使命。光靠几个村干部，仅凭村里十九名党员，那么繁重的脱贫任务，那么多困难以及群众面临的生活难题，能顺利解决吗？”

“团结才能干大事，我懂这个理。”黄旺生声音低低地说，“万丈高楼平地起，众人划桨开大船，当然是要依靠广大的人民群众。”

“但事情又做得怎样呢？”昌向明决定挑明，“一个村几年不发展新党员，一个村主任六年入不了党，你想想，村支书当得到没到位？”

“话说到这份上，我也直话直说，之所以对蒋保成抱有成见，是他太爱出风头、抢功劳，喜欢搞封建迷信。父亲归世得安葬，龙水凤山好坟场，说得好听是尽孝道，搞得没钱家户跟着学，老了人也要搭台唱道场，后人活受罪。他也没有领导思维，一味讨好卖乖，什么结果呢，自己当老好人，吃亏受气，把原则丢了。”黄旺生自知脱不了干系，但想挽回点面子，说了几件蒋保成不支持村委会决定，经常单干蛮干，解决问题笨人笨办法的事，又称自己也是尊重党员的投票权，从没和村里党员明确讲过不要投他的票。他说：“一娘生九子，九子连娘十条心。也并非党员村民故意刁难，只是想让他多打磨脾气性格，历练办事能力。”

“世界是变化的，人也是变化的，不能等到一个人没了缺点再入党，这是不现实的事。”

“过去是我太固执了，总想着求稳，统一思想不出错。”

“脱贫必须靠发展，但也因时因地而异。”

“发展慢了，人心也散了，回去支部会上我做自我批评。”

“联系群众，民主作风，不是练嘴皮子，还要有实际行动。”

“有错就改，立行立改。”黄旺生脸色尴尬，说回去一定好好把村里的党员队伍建设谋划好。

昌向明脸上划过一丝不易察觉的笑意，语气缓和了些，说：“人多力量大，集中力量办大事，扶贫脱贫不是敲锣打鼓就实现的，你是村支书，党员干部要有功成不必在我，功成必定有我的担当。”

外面雨停了，司机从瞌睡中醒来，雨刮器发出嗞嗞的摩擦声。昌向明望了望窗外，说：“出发吧！”

石喊坪的“心劲”，不知不觉发生了逆转。半年不到，村部综合楼已经落成，村里的主干道和通户道路硬化完成，山上偏远地域三十来户人家的易地搬迁选址选定了。铁姑娘蒋喜妹逢人就夸扶贫队干得好：“人比山高，脚比路长，想想红军二万五，想想千人苦战修冯水渠，世上就没有真正能打倒人的困难，也没有改变不了的贫困。”

黄旺生思前想后，人家扶贫干部昌向明只是工作安排，都能使着劲儿帮着石喊坪变好，我们这些土生土长的村干部，有什么理由不好好干呢？他在一次支部会上，措辞严谨地做了一回自我批评。受他的感染，特意被叫来列席的蒋保成也站起来，脸涨得通红，说了一通自己身上的毛病。

话一说就清，灯一点就明。这次自我批评会后，两人关系明显缓和。过了几天，昌向明把他们喊一起，亲自烧了几个菜，喝了一顿酒。蒋喜妹也来解心结了，她深情回忆，把两位老父亲夸赞了一番。她说："过去走山闯了很多祸，不仅人没了，还留下很多伤痛。现在岩锚护坡做好了，固若金汤，再也难滑坡了。你俩团结一心，石喊坪也就不会走山，将来也就越来越好。"

几杯酒下肚，胸膛都红了，上一辈留下的心结，下一代捶不扁砸不碎的隔阂，让烈焰般的酒给溶解了。过去了！朝前看！两人几次搂抱哭涕，你一句道歉，我一句赔礼，那些陈芝麻烂谷子的事说了大半夜。昌向明越喝越清醒，很满意这个场面，谁说只有一笑泯恩仇，眼泪也是可以的。

黄旺生跑了一趟县城的水果批发市场，找到做特色水果批发的老战友又喝了一顿酒，醉意未消，笑眯眯地带回了一车黄桃树苗。

"先试试水，石喊坪荒山野岭多，又不花本钱，两年挂果，老战友负责果苗和技术，也不愁没市场。"

"多元化种植，优选附加值高的新品种。"昌向明久思不得其解的稳定脱贫之路被一个小黄桃击中了，拍着他的肩膀，说，“大黄抓小黄，抓出金黄黄。”他们立刻联系农林部门，准备多种几片特色水果林。

挖掘机运回来后，每天“轰隆、轰隆”响个不停，村庄建设闹声喧天。也就在嘈杂声中，村干部之间说说笑笑，人际氛围出奇地和谐。黄旺生整天风风火火，早晚都要抓上蒋保成，来汇报建设进展，又听昌向明有什么工作指示。昌向明在村干部会上，让大家多出点子，鸡蛋不要放在一个篮子里，苗木、笋竹、油茶、中药材等，都可以因地制宜去发展。

“脱贫的脱法很多，提高生产力不能少，出了能人，先富带后富。具体怎么办，照昌队长平常讲的，稳定脱贫必须有产业来引领。”黄旺生大腿一拍，搞农户加合作社的方式，一个村干部负责一个方面，各个击破。然后就布置村干部集思广益，分片和村民谈心想点子。没过多久，蒋保成率先宣布，成功鼓动村民跑到西边大岭的岩壁养蜂，他不知从哪里听说岩蜜市场好，山里又有自然条件，野生岩蜜，一年割一次，收入可观。他雷厉风行，半个月就把十一户村民加盟的岩蜜合作社搞成事了。

新党员发展大会的日期定了，除了蒋保成，还有一名准备回乡的年轻人被列入发展对象。昌向明心中有底，但也不敢大意，胜券到了手上才叫在握。这些日子，他观察黄旺生和村里党员，并无其他异常。该干吗干吗，昌向明觉得自己多心了。

投票前夜，黄旺生来了，告诉昌向明，会议准备工作都好了，还有什么要叮嘱的没有？

昌向明抽着烟，不吭声，等着黄旺生说话。过了好一阵，黄旺生嗫嚅着说："要没事，我就回屋了。明天我那一票，肯定是会投给蒋保成的。他这一年栽着头干事，从无半句怨言，带头成立了石喊坪第一个合作社，大伙都认可。"

"听说前几天蒋保成又上门找你谈心了。"

"他说过去欠债操办丧葬，没有响应移风易俗厚养薄葬的号召，是太在乎这张脸面，也带了不好的头。现在县里提倡节地生态安葬，他做通了屋里老太太的思想工作，死了火葬，骨灰埋在自家山林里。"

昌向明眨眨眼，笑起来。

新村部综合楼召开的第一个会议，就是村里的新党员发展大会。黄旺生提前跟县委组织部报备，党员教育中心的领导觉得这是一个好的教育示范，答应带人全程录制视频作为宣教范本。他劲头更大了，把规范程序问得清清楚楚，做好了充分的准备工作。

会议这天，新综合楼装饰得喜气洋洋，悬挂着红色横幅标语。黄焕胜的夏橙签好了协议，卖了个好价钱，一开心就自掏腰包租来了红拱门，像是办婚嫁喜事。虽然只是村里十九名党员开会，但村民闻讯后都挤在了门口窗外，还有县里来的拍摄团队。有一种神圣的气息，从这栋还散发着涂料气味的新房子往山上飘。

让昌向明意外的是，蒋保成的得票竟然是满票。这让他有些小激动。宣布投票结果后，黄旺生向他望了一眼，自我得意地笑了。

走廊上的人，屋里的人，都拼劲地鼓掌。蒋保成没有控制住自己的感情，在雷鸣般的掌声中呜呜地哭起来。掌声停落，他破涕为笑，走到昌向明面前，伸出双手，紧紧地与他的双手握在了一起。

到外面接电话转身进来的黄旺生，做了个下压的手势，示意有话要说。他努努嘴，高兴地说："今天是个好日子，我们村又多了两名新党员，刚接到乡党委的通知，台风蒲公英抵达我县，石喊坪防灾减灾工作做得好，最关键的是没有走山，因此得了县委的表彰奖励。双喜临门！"

蒋喜妹不知何时从后排站起来，说："书记你去报告县委乡上，石喊坪从此再也不会走山了。"细心的人发现，铁姑娘缺了几十年的门牙不知几时补了缺，露出了一口齐整的牙齿。有人悄悄地说，是昌队长带她去省城医院特意补上的假牙。又有人说，镶的不是一颗假牙，那是什么，是昌队长对石喊坪的一颗真心。

灯 火 夜 驰

明月朗照，云影摇晃，前面那些平时藏在山影下的房屋，许多灯火次第亮起。最神奇的是，我家后山那片果林也发着光，树上的夏橙像变成了一盏盏微细的灯火。

天光暝暗，冗长雨季终在夜间的一场流潦大雨中戛然而止。从坳口望去，山村灯火，如一粒虫光，似有若无，摇摇欲坠。

盘上桂像是披着一身湿雾，站立之处，长出一朵漉漉湿云。他朝坐在屋里的母亲说，春云死了，明天下葬。

大清早村东口土铳朝天打出三声鸣响，母亲就一惊而起，眼睛里黯然神伤。此时她表情木讷，仿佛魂魄正被赶上山的羊群牵走。盘上桂低幽幽地说，你不想去看她最后一眼？

母亲一言不发，两手擦着堆了半屋落的夏橙，金黄色的夏橙，湿漉漉的，散着果实的气息。她要把它们一个个擦干净，然后等扶贫队组织人来收走。这批夏橙碰到雨季，长相并不好看，有的从枝头垂落，在地上砸出坑坑洼洼。扶贫队的昌队长说快点捡回来，市场卖不了高价，但也不能都烂在地里了。

她的头终于抬起来，像是要打破沉默，却又是看着屋里墙上发呆。过去空荡荡的墙上现在一张多出来的纸，是年前扶贫队和村干部来人贴上去的明白卡。表格里有手写的汉字和数字，我认不全。他们贴的时候，我站在旁边问他们为什么要在我家贴这张纸。

瘦高个的年轻人是市里来的扶贫干部，冲我使了个鬼脸说，那是政府给你们家的关心。是因为我们家穷吗？他并没有做任何动作，只是傻傻地望着我笑。我听了很高兴，我喜欢被关心的感觉。母亲把我拉到一旁，说，你要说谢谢。但我还没说谢谢，他们就走了。我听到另一个干部说，穷得黑灯瞎火，谁知道有多难哩！

母亲躲在屋门口送别，听到这句话，却笑了。她笑得很勉强，像是使劲挤出来的。我是真心愿意看到她多笑，笑比哭好。

母亲的身体内仿佛长着两眼永不干涸的泪泉。一遇到伤感的情绪，或是听到不幸的人与事，闸门就被打开，泪泉就哗啦啦地流动起来。有人说，她的哭声是最凄美的泉音。

我觉得凄美一点都不美。

母亲年轻时是全村全乡的目光焦点。她长得漂亮端庄，让人愿意亲近。乡里村里的那些年轻人在心中疯狂追逐，但未能拿出有胆识的实际行动。我那刚从部队退伍回来的父亲最后得逞，一次酒后的打赌，让他斗胆截住了夜里从乡农电站食堂帮厨回家的母亲，有几分英俊的父亲最先牵起了那双肌肤光滑的手。

他们的恋爱像一座沉寂多年后喷发的火山，瞬间烧烫一群青年的身体。父亲二话不说，凭借部队学来的格斗术，一次次在深夜走出家门，接受挑战并把对方打趴告饶。这段轰轰烈烈的“恋爱史”一度成为乡上人们茶余饭后最大的话题。事情并没有出现意外，父亲以一场闪电般的婚礼宣告胜利。但这并未成为一个新家庭过上好日子的起点。

婚后三年，母亲都未能如愿怀上孩子。夜里床上的热汗，一次次从她一马平川的小腹上流过，成全了那些失败者的幸灾乐祸。心中不甘的父母开始在求医求神的道路上奔跑，又一次次在忐忑的期待中败阵。好几年后，他们已经决定放弃的时候，我却神迹般地降临。姗姗来迟的我，后来让母亲对世界上的所有神灵充满感恩。

母亲越腆越凸的肚子，让父亲略微佝偻的腰杆又恢复了军人的挺直。那时，父亲经人介绍到县城刚当上酒店保安，接到母亲早产的电话后，心急如焚的他搭上最后一趟班车往回赶，结果车跑到一半路程的时候“歇菜”了。

夜色渐浓，西边大岭风声渐紧，父亲心乱如麻。他拿出部队急行军的勇气，背着买到的一袋滋补品奔跑在黑黢黢的山路上。他都没发现，天空突然飘起了细雨。

此前连续值了几个夜班的父亲劳累过度，当他跌跌撞撞地跑到乡卫生院门口时，一头就栽倒在手术室的门外。卫生院过道灯光灰暗，一个新生婴儿刚破开嗓子，婴儿的父亲就躺在了隔着白布帘的另一张手术台上。后来经从县城赶来的医生诊断，死因是突发重症急性胰腺炎。这在我们乡下人脑子里很陌生的怪病，经医生一番口舌仍令人一知半解。大家唏嘘着，一个父亲未能亲眼看到他久期而至的儿子，一句话也没留下，抱憾而去。

雨越来越大。

终于雨停了，父亲也没有回来。

我的出生成了给父亲送别的礼物。母亲的健康急剧下降，那个转眼到来的冬天，她一直待在床上，被从医院药房带回来的瓶子、盒子和流落在床头的药片所包围。月子没坐好，丧夫之痛，高龄产妇及产后抑郁症，各种说法连同疾病的气息像屋里那顶旧蚊帐，在卧室里安顿下来就不再离开。灰头灰脸的蚊帐被父亲的烟头烧出几个破洞，像几双狡黠的眼睛，看着透光的窗外。也有人说，那些洞是被另一个男人的烟头烧的。那些不怀好意的人笑得唾沫横飞。

流言像铁锤，让孱弱的母亲无力还击。依母亲的性情，也根本不会去理睬那些从乌鸦嘴中流出的秽物。很长一段时间，母亲就是一个人坐在房中央，一把油漆剥落的骨牌凳，灯光昏黄而散漫。它在旋涡中挣脱，与屋子里外深沉的黑夜对抗，被蚕噬得疮痍满目。打我能记事起，我家的灯火就是冷的，是可以被忽略的。母亲絮叨着，屋里有邪气。她听到许多耳鬓厮磨、含混不清的声音。

她却那么在乎夜晚的降临，白日的光被收走最后一缕，她就会情不自禁地打个冷战，从喉咙里蹦出一声迅雷不及掩耳的叫喊。嘿、哎、噢、咴、哦、嗫……粗笨浊重，像黑暗中的狙击猝不及防。明明很多时候，她已经先于我睡着，还发出低微而欢快的鼾声。我伴着这种鼾声入眠。鼾声一消失，我就会惊醒。惊醒过来的我看不清她的面庞，她依旧躺在床上，但床上变成了一个戏台，她们互相争吵、争辩，声音越来越大，又会一个跟斗栽下来摔个粉碎。她变成会议的主持者，变成权力的掌控者，调解着矛盾，她精力充沛，热情似火，没完没了，最后，从一两个人到一场不知多少人参与的喧闹，在激烈的争吵中，在谩骂、恶语相向、互相羞辱中不欢而散。

母亲的身体在我眼前一天天衰弱，直到盘上桂的出现。

盘上桂是我父亲在乡里最好的朋友。他是怎么从母亲的追求者、父亲的情敌，变成父亲酒桌上的好友，众说纷纭。但不打不相识一定是原因之一，这场打斗的胜负被夜色覆没，已不再重要。盘上桂也当过兵，与父亲同一个部队，不过在入伍后不到一年，他患的一场大病让他提前退伍回到家乡，康复后不久就接过了老父亲的衣钵，成了当地一名师公。我本该称呼他盘叔或是上桂叔，可印象中见面的第一次，我脱口而出直呼其名。

盘——上——桂。

他没表现出任何不悦，一把抱起我亲了我的小脸一口，说，以后你想怎么叫都成。他的胡茬扎人，但声音柔软，我很快就喜欢上了这个与父亲年龄相仿的男人。

父亲的后事，是盘上桂的父亲一手操办的。老人曾经是十乡八里最有名的师公。据说他在自己家中到处摆设着自己剪的纸人，走夜路，他带上剪好的四个纸人，念几句咒语，吹口气，四个小人就抬着他走在乡间那条通往外界的漫长山路上。

有关老人与纸人的传闻有很多。小孩受惊吓昏迷不醒，做娘的求来施过法的纸人，到离家最近的山坳路口叫唤孩子的名字，千里之外孩子的魂魄听到召唤，就会钻进纸人里，跟着娘的一步一唤回到家中。孩子枕着纸人睡过这个晚上，第二天又活蹦乱跳了。喝酒的男人夜归后高烧不退，他满嘴的酒气引来了喝酒死去的阴间酒鬼缠身。盘上桂的父亲被请来，他问清生辰八字后，念一通咒语，哄骗酒鬼钻进纸人，用火烧了丢在一碗清水里。水最后又泼在十字路口，迷路的酒鬼就这般打发了。

那些山坳路口，不只是我们能见到的四个方向，还有一个上下左右交叉的十字，人走上面的十字路，神灵鬼怪就走人肉眼看不见的另一条十字路。这是盘上桂的父亲说的，老人凭他显赫的本事在乡里拥有崇高的地位，他还说，阴阳两界就是隔一张薄薄的纸，剪刀剪破的是阴阳的阻隔。藩篱破了，纸人自由往来，传音递信，畅通无阻。可惜的是，这个传奇的老人因为从阎王爷手中救下不少人的性命，最后折了自己的阳寿。

同样可惜的是在乡里享有盛名、让人好奇、闹出惊响的纸人，却没能传到盘上桂手上。成为师公的盘上桂，最擅长的是给死者“开光”，照大瑶山的风俗，开了光的死者阴灵才能眼看得见、耳听得到、手能动、脚能走。开光完毕，他还要用五寸长、扁形、头带钉帽的特殊钉子，钉死合好的棺盖。

没有纸人相助的盘上桂依然树立了自己的名声，当然离不开他父亲的影响力，还有他的乐观大度、与人方便。有人死去的时候他都会第一时间接到邀请，亡者的亲属登门商议做法事的时间、做法和花钱的用度。盘上桂还有一点为人所称道的是，他总能把事情做得漂漂亮亮，他劝慰人的话语总叫人心里格外舒坦。

他说，做人有做人的疆界，做鬼有做鬼的地盘。不做亏心事，不怕鬼敲门。他说，多行善，多积福，少作恶，少忌惮。他劝那些嘴利牙尖的，不能说太多的话，说了不该说的话会头疼。他劝那些孩子的父母和喜欢喝酒夜归的人，夜间不要在十字路口徘徊。

盘上桂说，母亲肯定是在十字路口被瘴气与厉鬼缠身了。

父亲的离世把我们家引入每况愈下的生活境地。盘上桂明中暗里没少来照顾我们母子。他是我父亲的好朋友，他把我当作他的孩子一样热爱，母亲的身体状况和精神状态他尤其关注。他尝试过多种办法，把十字路口上的“母亲”带回来，但屡屡失败。

母亲的抑郁和迷惘依然如故。

直到有一天，盘上桂决定铤而走险，把母亲带到所谓神鬼出没的法事现场，让她以哭灵者的身份出现。也许，哭泣会消减那些附身的瘴气。

乡间崇天地敬鬼神的习俗根基颇深，人死后的道场会连做三晚。请水净身、消灾化难、了却身前未尽事、送别奈何桥，过程繁杂，环节众多，还有一项重要的哭灵，在出殡前夜举行，在众亲属的跪拜中，惊天动地的哭泣是帮助亡人告别世上的未尽之事、了结与他人的恩怨，顺利踏上冥界的路。

母亲的第一次出场堪称惊艳。盘上桂把她带到灯光就在头顶晃荡的灵堂，她一眼扫过那些熟悉或陌生的面孔，最后落在堂中央的黑色棺木上，眼泪就哗啦奔淌出来。死者与母亲家族有着拐弯抹角的亲戚关系，这层关系被盘上桂作为借口哄母亲来到这里。此前，母亲守着家足不出户，越来越浓烈的自闭隔断了她与外界的往来。

母亲触景伤情，从最初的掩面而泣，抽抽搭搭，渐渐变得悲切哀戚，泣涕涟涟，哽咽难言，进而在灵堂内悲怆失声，撕心裂肺，直至气短神昏。母亲交集百感的哀容和纵横淌流的涕泪，令人顿生对死亡的憎恶，对死者生前所历之苦难的同情，仿佛谁都愿在此刻奉献一切，帮亡者对抗那些失败和不顺，悲难与痛苦，只要死者能重新活在这世上。

一旦陷入悲伤的境地，母亲就无法自拔。她清晰地回忆起孩提时代与死者交往的细节，长辈给孩子的一块糖、一个微笑，一次意外的邂逅，一顿热情且充满暖意的饭菜。母亲的哭诉，勾起在场死者亲属对过去的记忆。那记忆中，大量美好的温情和融融的爱意，那些多数人都遗忘的细节，都在母亲的勾勒下重新浮出脑海的地平线。

灵堂内的放声号哭很快汇流一团，气咽喉干，声嘶力竭，摇山震岳。那些亲属好不容易关上的悲伤闸门又被洪水冲开，河床下游被冲出一条条深深的堑沟，堑沟里堆砌的往事中随便拎出一件都让人顿足捶胸、痛惜难扼。

母亲成了灵堂内的指挥者。她的声响时大时小、时强时弱，牵引着、点缀着、抚摸着其他的哭声。她的表现让人看不出丝毫矫揉造作虚情假意，来自心底真诚的悲伤无从模仿表演。她是真替亡者的不幸扼腕落泪。

众目睽睽之下，母亲也让自己的不幸和伤痛通过落泪这条通道获得宣泄。演变到后来，哭泣者不是悲伤亡者，而更多掺杂着对母亲境遇的同情——神志混乱的女人失去丈夫，孤身带着一个被人看作智力低下的早产儿，生活的艰难该是多沉重多巨大的一块石头，每个人都为这块石头感到了压抑和恐惧。

盘上桂坚信哭泣能帮助母亲治疗。事实证明这方法在生效，母亲的状态朝着好的轨道运行。另值一提的是，母亲让哭灵这一仪式脱离了过去的低俗。那些曾经没有情感做添加剂的哭灵，像一场拙劣的表演。哭灵者无非是想从戴孝的晚辈中“讹诈”额外的孝顺钱，已经筋疲力尽的晚辈心甘情愿掏出几张钱来打发葬仪上的这一环节。

盘上桂接二连三把母亲哭灵这个角色带到舞台上。他搭好的舞台，期待一个出色的演员。演员的投入让舞台增光添彩，也让幕后的导演心花怒放。母亲的到来带来了悲伤，真正的悲伤。

那些原来在打牌说笑的闲客成了最好的观众。他们围拢来，目睹悲伤溃堤那一刻的到来。大家再也不认为这是一个神志不清的女人，她像一台有声广播，凄婉地传递亡者活着时的信息，她所叙说的每一件与亡者有关的细节，都那么真实感人、令人信服。母亲哭声一起，她此前的木讷、呆痴就全不见了。眼前展现的是一个生动有灵的女人。眉眼、腰肢、举手、投足，又恢复如前。或拖沓或急促的哭泣声，仿佛有神抵临陪伴。她似乎拉扯着亡者的手，与之进行一阵激烈的争辩。

阴间与阳世，活着或死去，就在这拉拉扯扯的悲哭声中送别亡者走完最后一程。

众口铄金。有人悄悄地说，母亲有神灵附体，能洞悉一个人的来世今生和下一个轮回。

奇异之事再度降临，母亲在那段日子重返容光焕发的生活轨道。她开始勤快麻利地清拣收拾我们的家。许久没有洗过的窗帘被单，压在箱柜底端的衣服，在一个个阳光灿烂的日子里摆满屋前的晒坪，经过舒畅的呼吸后它们让屋里发光变亮。石喊坪家家如此，会因一个能干贤惠的女人，这个家就显山露水。

母亲的“巨变”，却让我有些无从适应。我被要求保持自己和屋里每一物件的整洁干净，被牵引着亲热地去与邻居和路人打招呼，被送到十几个同龄人坐在一起的教室里学习却什么也没记住，被约束着要整天演算那些很难记住的数字，背诵那些拗口的古时候留下的诗句，也被接受母亲那张微笑的脸上散发出地母般气息的温柔……我已经扳着指头数不过来，被做了许多从前没做过的事情。

不能自由自在的我心生烦躁，由母亲的变化带来的恐惧明显大于我曾经所获得的快乐。我甚至希望母亲变回去，那样的生活才会更踏实。我皱着眉头，像个大人一样，看着她，又看着门外，能让我眉头舒展的，也是我唯一期盼的，是盘上桂光顾我家。我朝他被夕阳拖长的影子迎上去，看他变魔术般从口袋掏出来的东西。那些有着各种名字的东西，能够填充我无止境的好奇心和不知饥饱的肚子。

流言随着盘上桂频繁跨进我家而陡增。这些流言围绕着一个寡妇和一个曾经的追求者，乡下人熟练地给流言编织着桃色的外衣，添加着生猛的配料。终于接连好几天，盘上桂没有过来给我“变魔术”了。流言像一块巨石，拦在他面前，他得花时间翻越，也许他畏惧什么，转身走了。

一天放学，我被几个高大威猛的同学拦住，他们嬉皮笑脸地走过来，问我，盘上桂把你娘睡了？我说，没有。盘上桂为什么总去你们家？我那反应迟钝的脑袋一下答不上来。他们又和声细语地问，最近盘上桂还去你们家没？我如实相告，好些天没来了。他们互相对了对眼神，哈哈大笑，盘上桂把你妈睡够了，不想睡就不来了。我这才迅速反应，果断出击，狗嘴放猪屁。我的不敬惹火他们。他们在我脑门、脸颊和腰背上敲敲打打够了，才一哄而散。我只有两只手，拼不过他们那么多的手，后来我突然理解了一个词语，寡不敌众，就是这般境况吧。

回到家里，母亲盯着我狼狈的样子，磕破的额头划伤的脸，眼睛里闪烁着不满和哀怜。我的怨怼呼啸而至，脱口而出，他们说盘上桂和你睡觉了？

母亲一愣，眼色中飞过一道不悦的利箭。我又重复一遍。母亲两片薄薄的嘴唇抽动几下，手掌不由分说地落在我脸上。火辣辣的疼让我像一头被捅刀子流血不畅的猪，干号哼唧了足足半个多小时，母亲压根就没搭理我，一声不响地接着揉脸盆里的面粉。母亲的面团起锅时，我的疼痛像灶上的腾腾热气，锅盖一揭就随风而散。我扑到桌子前面，狼吞虎咽地收拾了一碗，还有什么比填饱一张饥饿的肚子更过瘾的事呢？母亲摸了摸我沾着面粉屑子的脸，问道，打疼了么？我先点头，又摇了摇头，腮帮子撑得鼓鼓的。母亲的眼角红了，晶莹的泪花悄无声响地绽放。

流言的制造者，被流言的传播者主动“招供”出来，是盘上桂老婆家那边的妹子春云。盘上桂老婆死得早，其家人有意促成春云“续弦”。春云仗着在县剧团混过几场戏，就整天摆出一副昂着胸脯高高在上的姿态。经营不利的剧团解散后，她回到了乡上，高不成低不就，最后跟着盘上桂跑场子。哪里有红白事，哪里就有她的身影。为了多挣一份钱，她除了以她那又粗又尖的嗓音在人家的婚宴上节拍不准地唱唱《今天是个好日子》《祝你平安》之类的通俗歌曲外，又能把脸一抹，在逝者的灵前泪流满面。

哭灵比唱歌要实惠得多，因为说哭就哭不是每个人张开嘴就能来的。

春云能哭，眼泪很快变成她挣钱的工具。只要死者的亲属塞钱，她就变成了他们。她肩头激烈地耸动，粗声地逼着嗓门使劲干号，用不了两三分钟，她的眼泪扑簌簌地不断线儿，从涂抹过的黑眼圈里出发，沿着鼻尖滴下来，把一张扑满粉的脸冲刷得沟壑万千。她哭号着“我的爹我的娘”，哭词干瘪单调，声音刺耳空洞，一双眼珠滴溜四转，手中的茶盘伸到那些亲属面前。这一招很灵，即使再难听的哭声也是要花钱来消费的。事先她会打听这个亡者家庭的经济状况，没有达到心中的理想数字，她会让这些舍不得掏钱的人陪着她跪在地上，看她挤奶一样地挤得泪横遍地。她开始穿得花枝招展，她的眼泪帮着挣到了钱，这些钱变成了口红、衣服、香烟，变成了麻将桌上的兴奋和垂头丧气。

盘上桂把哭灵的位置腾给母亲后，引起春云不满。她的怨恨和流言的制造就情有可原了。清官难断家务事，这让盘上桂头疼不已，他不可能辞退春云，那样反而成了流言的佐证。最让盘上桂恼火的是，春云暗中鼓动了一些亡者家属，他们这些出钱的主儿，明确提出不能请一个不洁的女人来哭灵。盘上桂不得不妥协，他委婉地跟母亲说了几句悄悄话后，母亲的目光哐嗒一下陷落，变得软绵无力，脸色苍黄发白，眼角的纹络像风吹头发般地飘摆不定。母亲的唇齿之间，磕碰有声，她把头一甩，关上了自己的房门。

春云胡诌的一段诽谤之词经过一小撮人无所事事地臆测与穿越，让母亲戴上卖肉为生、不知廉耻、卑鄙的第三者等不洁的枷锁。母亲备受委屈，却无从诉讼。流言在母亲的头顶越聚越厚，直到变成一场冰雹，落地为安。那冰疙瘩铿锵有力，砸哪哪儿就碎了。

失去哭灵邀请的母亲，仿佛是一夜之间衰老的。她变成了一团黑压压的影子，端坐在不透一丝风的房间里。母亲又回到与黑暗相处的快乐之中。在那些漆黑一团的时间里，无数双夜晚分娩出来的眼睛和耳朵不断交配繁殖生长，从母体饱满的乳房里流淌出来的汁液，流到脐眼处催生翠绿翠绿的新芽。母亲端坐着，沉默的姿态像一尊雕塑，似乎是任由思绪潜入她的体内迷宫探险。

当她迷惘的眼神闪动一丝光亮时，标志着她开始从迷宫踅返。

不再出门的母亲，午后会打开杂物屋的那把旧锁，钥匙她随身携带，须臾不离。她能够几个小时在灰尘扑打中度过，她搜寻的陈年旧物中压根就不会有什么令人惊喜的发现。那些搬出来的东西，没一件能在家里重新派上用场，她只是细心地查找着它们的问题，尽一切所能地修补。缺条腿的矮凳子，又脏又破的衣服，她像一辈子只与鱼打交道的渔民一样勤奋地修补着残破的渔网，然后又把它们锁进不知何时再见天日的黑暗中。

我出现在她身边，她一点都不在意。她的目光传递茫然与失措，行动时有中断，像被繁杂的思绪蛛网纠缠。她从储藏间灰头灰脸地转身，缀网劳蛛攀悬在她的衣袖，一片褪色的墙灰刮擦着她，把她的屁股刷出一道灰白的痕迹。

某日，母亲不知从哪里弄来一本鸽子饲养的旧书。没头没尾，书籍中插图上黑白印刷有几只肥硕的鸽子，母亲仔细端详它们，仿佛等待这些喉咙里整日叽叽咕咕的精灵从书页间逃逸。

母亲托村干部买来的鸽子住进我家一段时间后，它们的房间里就铺满了白色、灰褐色的羽毛碎片。母亲端着玉米粒进去的时候，它们拍打翅膀，从停驻在屋里废弃的木架子上和角落飞起。地上这张白色缀灰点、看上去柔软的地毯，马上被撒下的玉米粒打碎成四分五裂的花瓣。

我躲开母亲，透过门缝观察那些鸽子。它们很安静，除了你一言我一语地发出咕噜咕噜的声响，倒是很听话地踞守各自的地盘。有一只看上去体型最大的鸽子，但明显不是这里的头。过于安静的它，白色头部长着几颗显眼的麻点疙瘩，像一个阅历沧桑的得道高僧，举止庄严、眼神如炬。它盯着母亲和她手中的食物，不为所动，它懒得移动自己的身体，这怕是它长得如此之胖的唯一原因。有时候它流露出颓废的表情，恹恹的愤怒的，细心的我还发现它眼睛里覆盖着一角阴翳——也许等不了多久，就会从四边向瞳孔蔓延，将整只眼睛遮蔽。

这只鸽子陷入群居的孤独之中。到傍晚的某个时间段，斜阳会穿破云层爬越玻璃窗钻进鸽子的房间，在尘灰群舞的光柱里，它严峻的神色如冰冷的雕刻，那一瞬间，我以为看见了我的父亲，我只在照片中看到过那个男人，他们表情之中重叠着诸多神似之色，脸部肌肉紧绷，皮肤皱巴巴，爪子粗糙指甲卷曲，尤其像父亲粗壮短厚的指关节，还有深陷的眼窝，宁静的眼睛，母亲也一定注意到了这种神似。

有趣的是，这只鸽子栖息的地方，有一件我父亲从部队带回来的绿军上装，鲜绿色褪去发白后，父亲就一直没再穿过。如今，鸽子饶有兴致地把它当作了自己的衣物。

这只鸽子意外地不见了，母亲发现的时候，手中的食盆砰地落地碎裂。她捡起那件掉落在地上的绿军上装，四下张望寻找，确定鸽子是飞走不见后，她就把衣服揉成一团，连着一声叹息塞进了角落。临睡前，母亲神秘兮兮对我说，你父亲喜欢它，把它带走了。这是我第一次听母亲跟我谈论她死去的丈夫。

几天后，母亲把窗户打开，放飞了余下的鸽子。那间散发着鸽子粪便臭和尿臊气的房子，被遗弃在一片寂静之中。

母亲的举动，总是这般反常，令人纳闷难解。

盘上桂登门邀请母亲为春云哭灵的当天，一个漫长的雨季终于走到尽头。天空最后一滴雨珠落在地上，清脆的声响在耳膜边荡漾。那时断时续的哀乐，那些敲打的声响，远远传来，格外激越。母亲在床上翻了几个身，就打鼾入眠了。这是个很意外的安宁的夜晚。

第二天一早，太阳破空，云群不欢而散，山野间顿时亮堂起来。老人还在说着过去的雨季太奇怪了，那么无休无止纠结难了。有的面红耳赤掐指争辩时间的长度却无定论。我坐在台阶上，看着阳光激动地洒下来，把一束束耀眼的光打在我家院墙的西边檐瓦上，也跺着脚扑到后院半山坡上那几十棵去年栽下的柑橘林中。柑橘树上已经挂果，果实中长着并非柑橘的陌生面孔。到过我家的人都会说，这不是夏橙么，柑橘树上结夏橙？

那些夏橙骄傲地举着头，不搭理人，也没人搭理。我看着这几个装模作样的家伙，哪一天它就会被人吃了，或者是落地腐烂变成泥土的一部分。此前，它们开花的时候，白色的花瓣藏在枝上，像聚在一起的满天星辰，花有微香，一丝一缕，也能飘满整片山坡田垄。

果树是扶贫工作队的人来帮着栽下去的。当时他们说，你们把自己的山地腾出来栽果树，这可不是一般的果树，外国名字叫瓦伦西亚橙，不愁卖，到时我们负责让人按市场价收，包赚不亏。我看着那些越看越不像柑橘的果树，心中又喜又忧，难道我们家真是种了有外国名字的果树？那天果树栽好后，昌队长和气地对母亲说，移风易俗，以后提倡丧事简办，不要再去哭灵了。乡上的安置点新办了两家微小企业，不忙，也不累，一月还有个两千多的收入，家门口就能工作，考虑考虑。

母亲看了看半山坡上的果林，没有点头，好像是用笑来回答的。她不去哭灵后，很久没笑过了。

昌队长似乎满意地笑了，对站在一旁的村支书说，我们要一起努力让石喊坪多些灯火，亮起来。

村支书怔怔地望着屋里，里面像是一口被藏了多年的深井，一点微光进去就被吞掉了。他说，换个节能灯，越点越亮，灯火亮，转转运。

昌队长认同地说，越是发达地方，夜晚灯火越明亮，石喊坪脱贫了，家家户户都要亮起来。

村支书心领神会，说道，妹子，不要省着那点电费了，让家里的灯亮起来，日子也自然会好起来。

过了这个晚上，春云也要陪伴泥土了。每每有人再也不回来了，大人们脸上都要抹上一层哀伤。我理解不了那种哀伤，就安慰自己，你太小，等将来长大些了就懂了。生不带来，死不带去。母亲把自己收拾一番，突然就冒出这么一句。她这么说，让我联想到在母亲的眼中，春云不过也是一只被雨季腐蚀成土的夏橙。

天色摸黑后，母亲带我出了门。她的脚步在水泥岔道口停顿下来，我说，走呀走呀。母亲又叹了口气，怎么真的死了呢？我知道，要去哭别春云的母亲，是在叹息她可怜的死亡。

春云家门口搭了个油篷布棚子，人影和各种声音在灯光下杯盏交错。知道你气量大，不会不来的。看见母亲到来，盘上桂恭维着，把她引着磕头、烧几张纸钱完成祭奠的礼仪，又迎进里屋坐下。春云的丧事没什么特别的排场，依旧是乡间风俗。春云辛苦积攒的几个钱让好吃懒做的丈夫与儿子，还有生下的那场重病无情地瓜分了。幸好有盘上桂，他顺其自然地担当起给春云办事的“都管”，以他的经验摆布这样一场丧事绰绰有余。

里间跟母亲熟识的人热情地打着招呼，可母亲呆呆出神的样子让人很没面子。很快，大家变成三两低声交流，让母亲独享孤独的中心。

母亲被盘上桂请出来的时候，灵堂跪满了春云亲戚中的晚辈。这些年轻的面孔，眼睛里放射出直愣愣的光，看不到丝毫悲伤。遭遇母亲的扫视，这些眼睛瞬间枯萎垂落。桌子上春云的遗像只是一张生前的普通照片代替，显然是她急匆匆地离开让家人还没来得及准备。

哭灵的时刻到了，门内外挤满看热门的人。他们各揣心事，有的是对母亲来给一个中伤过自己的人哭灵不解，有的希望看到中途杀出一场事故、折腾几支插曲。母亲的哭腔拉开，跪在地上的那些后生晚辈都结实地震了一下。破口而出的那音尖声尖气，拖泥带水，稍一停歇，又变成撒泼打滚，号啕放纵。母亲无数遍重复痛诉着春云的怯弱无知，把眼泪泼洒一脸。起伏的哭喊震耳欲聋，像风暴中的海浪一般，时而高高地耸起，时而重重地塌陷。在浪波的追逐之中，一只银色的帆船娴熟地穿行其中，浪花把它掀进海水之中，转眼间浪头又把它拽出水面，推送到更远的地方。这些春云的晚辈跟随哭声经历着跌打碰撞，晕头转向，心如针刺。此时站着一旁的盘上桂面无表情，双手反扣的背后，茶盘有节奏地敲着小腿。

终于有人卖弄自己的精明发现，开始交头接耳，这哭腔与春云的如出一辙。如果不是在春云的葬礼上，大家都会认为这是春云的出演。这完全不是母亲过往哭灵的风格。一个春云死了，又一个春云诞生了。换上道士服的盘上桂要念“破血湖经”为死者超度，他在脸盆倒上酒，放一点鸡血，一边念经，孝男孝女一边喝血湖酒。那些晚辈在地上学着作揖、滚爬、转圈，有的偷偷看手机开小差，有的踉跄爬起向盘上桂求饶。他熟视无睹，继续念着超度经，直到血湖酒喝尽。

时光是在母亲的哭声中流动，像一桶从沟塘取出的水，看不见看得见的都缓慢沉淀。终于有人看了看手腕上的时间，几个人围拢来扶起母亲走出灵堂。跨出灵堂的刹那，哭声一刀两断，干净利落。鞭炮的烟火点亮黝黝暗夜下的一角夜空，一串巨响杂乱无章地跑进人们的耳道。

这场哭灵后来多次为人所提及，母亲是如何能那么精妙地复制着春云的哭灵表演？没有人能回答，却有很多答案。

留在记忆中的是，盘上桂牵着我的手，送母亲离开。他手中攥着准备支付的报酬，被母亲拂袖挡住。我嚼着盘上桂悄悄塞我兜里的花生糖，郑重地问，你为什么不来我们家变魔术呢？盘上桂尴尬地望着我，想挤压些笑容来回答，可他唇齿之间像被塞着一大团棉花，脸部抽搐，哑口无言。母亲说，以后不要再请我哭灵了，扶贫队帮我找了一份工作。她是微笑着说的。盘上桂沉吟了片刻，也笑了，他说，我这个师公也要再就业了，移民新镇的旅游做起来了，长鼓舞每周演出两场，需要培养几个传承人，我被他们选上了。

明月朗照，云影摇晃，前面那些平时藏在山影下的房屋，许多灯火次第亮起。最神奇的是，我家后山那片果林也发着光，树上的夏橙像一盏盏微细的灯火。光亮在前方等待，我迫不及待地催促着母亲。我抬头瞻望，隐约看到灯火疾驰而来，灯火背后是一张张不停变幻的脸，有认识的，也有叫不上名字的，他们的脸上亮堂堂的，像是一束光径直照着，白里透红，红得耀眼。

母亲迈着轻盈的步子，头也不回地越走越远。我拍拍盘上桂的屁股，示意我必须走了。我追着母亲被夜色撩动、一起一伏的身影。有一连串的问题，像远处的灯火闪动。我很想问问她——

是不是每次她哭一场后就会如此轻松愉快，她马上有了工作会不会愉快起来?

为什么人都是在自己的哭声中来到这世界，在别人的哭声中离开?

长　鼓　王

瑶族是个有语言没文字的民族，长鼓传承的就是瑶族的文化，那些不能用文字记录的生活，先人就用长鼓的动作记录下来，一代传一代。

一

这次下乡，进大瑶山，老馆长托我找一只鼓，新馆长让我找一个人。

临出发前，老馆长下楼相送。快七十岁的老人一句话也没说，用皮肤变薄发白的手薅往我，身上的迟暮气息游进我的鼻孔。他的拐杖落在地上，身体一直微微发颤。前年一次不慎，他在浴室滑倒受伤，膝盖和髋关节粉碎性骨折，双粉，微创手术，打了四颗进口钉。医嘱拄拐十二个月，他干脆拒绝下楼，以离群索居的方式在一百多平方米的居室里行走江湖。这半年来，身体又出现变化，经常站立不稳，这次更是颤抖得厉害，像装了个分子震动机。

车跑了两百公里要进山了，我还有种异样的震颤感应，像一股电流在肌肤上跑来跑去。

我想起了老馆长第一次带我进山，讲过一个没有记载的传说：大瑶山峰峦叠嶂，树影扶疏，山岭中段有如一只神犬将奔爪伏。传说中，叫扶摇的神犬夜宿于此，遇狂风暴雨，地震河啸，为护住东西两边的几个村庄，成片田垄和百千民众，神犬变身大山，皮毛化成密林，斑斓纹路折叠为蜿蜒山路，炯炯双目矗立成遥遥对望的东西两座又瘦又高的峰岭。

时间野蛮，记忆混浊，老馆长编过太多民间故事，唯独这个无根无据的我记得最清楚。一晃眼，他也老了，可大瑶山依旧林木繁茂，寂寂无声。山里也有变化，新修的平整山路，像条白色飘带给青绿的山腰镶上长长银边。偶有山泉叮咚林丛摩挲之声，随风跑过耳畔，发出阵阵空响。

当年我还是一个小学教师，喜欢摄影，获过几个奖，还能写豆腐块，借调到报社干了一年。其间遇上市政协做民间文艺调查，就跟着任副组长的老馆长下去采访，回来后图文并茂做了个整版，给他留下了深刻印象。借调结束，老馆长问愿不愿去文化馆。就这样，这位永城文艺界的老专家成了我的伯乐。

老馆长是个闲不住的人，没事就往山里跑。我调到文化馆做摄影专干，跟着他跑了几年民间文艺的搜集整理工作，合作出版了好几本专著。我拍照，他撰文，有时我也参与写。回头想想，真不容易，采访出版的课题经费，都是他跑宣传部、财政局申请到的。后来轮到我跑经费，才知道那个烦琐，当年老馆长闷着头跑，从无半句怨言，固执得很。

有了这层关系，我与他自然走动勤密。他的独生女留学出国，毕业后嫁在国外。他退休赋闲，孤独无事，我常拎些绿叶水果登门，他有了好酒，也主动召我小酌，说人生过往，也谈时局国策，更多的是聊永城民间的风物人事。

那天从省城参加完一个摄影展回单位，刚走进院子，似乎听到有人叫我的名字。声音耳熟，急切，颤搦，像是跋山涉水而来。四下探看，穿过大樟树下的那块三角空隙，我看到老馆长站在他家阳台上，隔着防盗网招手。

我踮起脚挥挥手，以示回应。

这棵遮阴蔽日的大樟树是镇馆之宝。二十世纪八十年代，老馆长选这个地方建馆时，看中的就是这棵有两百多年历史的树。大树底下好乘凉！老馆长走到这片荒坡，眼珠就粘住了这棵树。后来几家单位争这块地，争议到了市长办公会上，从农家女成长起来的市长，最后把票投给了文化馆。市长做了批示，老馆长倒背如流：国家发展社会进步，文化事业不能落后，不能失去根基，做群众文化的同志应该像大树，向下深扎大地，向上枝繁叶茂。

我噌噌跑上老馆长家，他在门口迎候，拎着一双格子纹布拖鞋。屋里无人，我说，师母战斗去啦？现任师母是老馆长的续弦，以前是文化馆所在社区的主任，当年亲手建了个棋牌娱乐室，退休后热情的老街坊把她拖去凑人数，手把手教会麻将纸牌打发时光。

老馆长的身世我略知一二，解放那年出生，六岁跟着跑戏班的祖父，学了几件乐器，后以二胡闻名湘南一带，响当当的老师傅，走到哪里，都有跟过来学艺的徒弟。刚退休那会儿，大街上兴起的乐器培训班请他授课，去过一两次后就再也不去了，说那些学校只管赚快钱，不懂得琴艺传授背后藏着什么，学二胡不只是拉出旋律，还有艺德修养之为。他索性自个在院子里办了个周末免费辅导班。有一阵，大樟树下的二胡课堂报名甚火，来学习的中小学生居多。好景不长，时兴起西洋乐器班后，拜老馆长为师的人越来越少，最后只剩下他老人家一人，有事无事自个在大樟树下独奏一曲，聊以宽慰失败的教学人生。城市广场上的票友们邀过几次，他去了，一群老人，却争强好胜，时常闹得面红耳赤，几日后又嬉戏和好。他却嫌聒噪累心，后来夏天沐浴摔伤，也就借此不再凑那热闹，偶尔手痒来了兴致，就在家里的阳台上，望着被防盗网隔离的天空，像只被困的鸟，咽咽嘤嘤地拉上一曲。

进门抬眼又看见了挂在客厅墙上的长鼓。这是老馆长的心头宝贝，我如往常，双手合十，做一个揖拜。第一次见到它，长鼓是摆在电视矮柜上，半人高，身材窈窕，腰身摩挲有光，如同遮羞少女。我当时懵懂，兴冲冲地抓起拍打，手刚碰触，就被喝令制止了。

古董？

他摇头。

有不寻常来历？

他不点头也不摇头，朝我瞪圆眼说，去洗手。

这只长鼓，纯手工的，两端状如喇叭，系有彩色丝绦，鼓面以羊皮覆蒙，蒙口处各以二十四枚小铜钉固定，年深日久，铜钉磨得锃光发亮，手握持的细腰处木色早已积垢变深，有了厚厚包浆。老馆长神秘示我，以手电筒强光照射，有金色绸缎光泽。

我肯定地说，金丝楠木的。

他甚是得意，少见吧！

那次之后，我不时从老馆长嘴里，听他念叨长鼓的历史。永城市县同名，全县瑶汉杂居，瑶民占了一大半，长鼓舞是瑶族民间歌舞的典型代表，过去多在瑶族传统祭祀盘王仪典和一些驱鬼逐邪、治病占卜的巫术活动中表演，后衍变至传统节日、庆祝丰收、婚丧乔迁等日子表演。解放后，长鼓如家中农具一样，每家每户都有，平日就搁在仓房，不轻易抛头露面。有年元宵节，陪老馆长下乡看长鼓舞，他就给我普及这些常识。

我对这些书本民俗没什么兴趣，好奇的是鼓的来历。一去他家，就兜着圈子扯到鼓身上。

估摸着多少年了？

清末民初之物。

这么确定？

看材质和做工，出自大户人家。

怎么到您手上的？

说来话长。他又缄口不语了。

话长您也得给我慢慢讲呀。我假装着急了。

他把话题岔开说，下回分解！

长鼓来历，他不愿启齿，我就不再追问。

这次下乡，是宣传文化系统组织的文化扶贫，下属单位各抽调一名同志去西边大岭的石喊坪。新馆长上任不到一年，姓张，是位女同志，齐耳短发，素面蛾眉，喜欢涂复古玫瑰色的口红。

她从区宣传部直接调过来，让很多人大吃一惊。后来听说是上面领导赏识，原因是她一手导演的社区文艺汇演活动影响大。那段日子，城里四处响彻动感旋律，飘飞柔曼舞姿，一群中老年女性乐此不疲，把广场舞跳出了专业风采。省台报道，市台滚播，人们茶余饭后就聚在电视机前把花红柳绿扒拉一遍，寻找几张熟悉的面孔。广场舞大赛成功落幕，身为总导演的她一跳成名，到了正科级的馆长位置上。

张馆长是个热情人，逢人一张大笑脸，点子多，办活动就来劲，再忙再累也不怕。说心里话，我挺佩服她，文化基层需要像她这样有激情的干事者。下乡出通知后，我还在省城，她直接电话里说了上面的要求，然后抬举我说，这事只有请姚老师出马最合适，那里有一位长鼓王，你正在搜集民间艺人的故事，留下影像记录，一当两便。

她说到西边大岭的时候，我心里就没推辞了。大瑶山分东西两边大岭，山连山，岭拖岭。东边我去得多，拍过那里的一年四季十二时辰和风霜雨雪；西边太偏，交通不畅，也没多少有名气有故事的景点，这次正好借机去体验一下。照张馆长的设想，我把民间艺人影像准备得差不多了，到时由馆里举办一个展览。她说，主题就叫《西边日出》，宣传西边大岭的变化，好不好？我没回答，她自个儿开心得哈哈大笑起来。

老馆长抖着手，指着桌上腾腾热气的茶碗，让我自取。我用手一扇那热气，飘过鼻孔，猜出是大瑶山的梗梗茶。茶汤色深褐带黄，晒干后喝，泡上十几泡也还浓烈出味。

知道你要去下乡了，老朽有一事相托。

老师的消息蛮灵通的。

单位院子才一樟树大，有点风吹草动都知道了。

老师的事就是我的事。

帮我找一只鼓？

老馆长对民间长鼓情有独钟，有长鼓舞研究专著问世，我们每每谈到长鼓，他就显得十分忧虑。现在制鼓人少之又少，传承艺人更是青黄不接，长鼓舞面临的衰落危机，如何抢救保护长鼓舞，是个严峻的问题。

我偶尔与他辩论，民间文化的传承人每分钟都在死去，民间文化每一分钟都在消亡。有些东西朝乐观地想，自会获得拯救衍续；从悲观的角度而言，必然淘汰消逝的，花多大气力多大投入，也是要走向衰亡。后来发现探讨这个宏观问题非常复杂，文化下乡也难改变根本，活在当下，只有就事论事。

老馆长坚持己见，虽说民间艺术时刻在生老病死，但不等于见死不救，基层文化工作者能看到真实情况，要尽力呼吁拯救，不要让长鼓断在我们这代人手里。

老馆长刚把找鼓的事说出口，突然一偏，像会跌倒，又稳住了身体。我有些惊慌，一把抓住他的手臂。过去我们下乡进山，他精力充沛，精神抖擞，后来体检查出运动神经受损并产生了障碍，女儿在国外咨询专家寄回药物，总算控制住没恶化，但慢慢还是能看出帕金森症的前兆。病痛在别人身上，谁都要服时间的软，每次见面，我都要叮嘱他放宽身心，享受生活。他嘴里嗯嗯应允，却脱不了心底的那个情怀作怪，操心的命。

你刚听到什么声音没有？

我摇头，没有呀，很安静。我们单位院子他不拉二胡之后，就出奇地安静。

总感觉身体里住了另一个人，拍拍打打，鼓声在耳边响得热闹。

我朝墙上的长鼓努努嘴，是不是强迫症，只是物理空间上偶然的共振共鸣？

他皱了皱眉，不是。

我走过去，抬头认真端详了一会儿长鼓，鼓身压着暗光，一尘不染，凑近就会发现金光四射，与我过去认识的它并无异样。

老师让我找的，莫不是这只鼓的另一只？我像一个求道者突然顿悟。

老馆长答道，正是！

我掏出手机，拍了几张长鼓照片。大瑶山长鼓都是成双成对，另一只在哪里，我从没问过这个问题。

今天不问长鼓来历哩？

我笑，问了您不说也是白问，不问了。

这事真是说来话长，你坐下喝茶，我慢慢讲给你听。老馆长终于启口说这只长鼓的来历了：大约是十八年前，有一天院子里来了一位白发老者，头上扎了一个发髻，像是早就认识他，彬彬有礼，双手作揖问好。他那天坐在大樟树下刚拉完一曲《江河水》，突然睁开眼睛，就看到一个人白须白发颔首站立眼前，心中大惊，赶紧起身回礼。老者嘴唇上弯，似笑非笑，不慌不忙侧身取下肩上的黑色布袋。布袋很长，解开捆绳，露出一只精致玲珑的长鼓，瞟一眼就知道是有年头的好物。老者说他是瑶民，鼓是老鼓，自己荒废也不打了，想找个懂的人收藏传承，好比是给闺女许个好人家吧。当时他正痴迷民间老物件，心想人家上门是想出手找人收藏，可老者开价太高，那两年他买房装房、缴完女儿出国学费，实在拿不出这笔钱，就动了个心思，先借过来研究一下，待找到藏家后再奉还也不迟。他斗胆开口借鼓，还把老者带到办公室、家里转了一圈，证明是个公家人，不会诓骗他。

素不相识，就这样借给您了？我讶异地问。

借书借物，有借有还，什么好莫名其妙的？

我忙改口，这是缘分呀，长鼓在您手上，物尽其用。

老馆长钟情长鼓那几年我还未调来馆里，后来耳闻，永城长鼓成功申报省非物质文化遗产，他编著的《永城说长鼓》帮了大忙，当时市县都看重，各种场合都要大张旗鼓地推出长鼓舞表演。申遗成功，时过境迁，市县主管领导一换，后继者热衷于做大做强县域经济，抓的是工业园建设项目引进企业落户的所谓大事，文化受冷落，长鼓事业的发展也中断了。

老馆长叹了口气，苦笑一声，颇为无奈地说，你不知道呀，前两年一到晚上，耳边就有人敲鼓，仔细一听又没有，这个鼓声住进我身体里，都成了我的心结。

上了年纪，睡眠少，听力偶尔出些异常，还是您心思过重！

老杤心里这个结呀，时间久了就系得更紧了。另一只也不知流落到了哪里？我走访好多户，从没发现过一模一样的。一面之缘，老者也没再来找过我，你说借来的东西这么多年没还给它的主人，我哪能睡得着，何谈睡得安稳，怕是上天在点醒我。

我问，没打听过老者？

老馆长说，电话问过几个熟人，没有下文。老杤六七年没下过乡了，也不知那些山村变个啥模样，电视里说得那么好，都是做得好的，可条件差的地方呢？上个月张馆长陪着一位管文化的副县长来见我，说小时候我到过他们村，还教他学了两天二胡，现在还后悔没坚持下来。当领导分管文化了，登门来讨些主意。我们自然要谈到长鼓，长鼓本就是大瑶山的灵魂，完全有基础做起来。他请我出点子，我说不是老讲那个文化搭台经济唱戏嘛，搞一个有影响的节会，既发展了地方经济，又扶持了民俗文化。

我突然发现老馆长说话多了，声音抖得愈加厉害，像是水中木瓢按住这个按不住那个。

我到西边大岭找老一辈的人，打听白发老者何许人也，还在不在大瑶山?

老朽正是此意，在的话，把长鼓还回去。

这个该不难，张馆长让我找一个叫盘修年的长鼓王。看她一脸严肃，我想若不是因为腿脚不便，她定会亲自跑一趟。

我与老盘打过交道，后来断了联系，找他也许是条路子。

你们有交情，此事就好办了。

长鼓王是老师傅，有号召力，振兴长鼓文化离不开他们。

出门离开，我又安慰老馆长，长鼓人家没来要，也许不在意了，您是做文化研究，大不了将来送给博物馆保存，不再去纠结，晚上就睡得好了。

老馆长抓着我的手说，长鼓丢了，大瑶山的世界就是苍白的。

我似乎懂了，又并不全明白。他的话后来无数次出现在耳畔，像一声声清越的鼓音，叩落我心上。

二

上车前，四人小分队相互认识了。

带队的市文广旅局的甘副调研员，以前是文物局的副局长，八十年代考古专业的大学生，胖墩墩的，头顶秃出了一个小水泊，常年蹲坑考古，落了个腰椎间盘病，上车就拿出特制的靠枕垫在腰下。另两名队员是史志办的叶明生副主任和河南姑娘小湛，去年公开招考进的市电视台工会。

我和老叶过去在民主党派联谊会上打过照面。他最早是公交公司的一个司机，喜欢写几篇悲秋悯农的小散文和好人好事的报道，以工代干，到晚报做了几年记者后，进了宣传部文艺科，在史志办编年志待的时间最长。四人里面，他最活跃，一会儿嬉笑着说，甘局，早听说文化系统你工作突出，没想到你最突出的是腰椎间盘。一会儿又皱着眉头说，老姚，你摄影水平在永城是头把交椅，去年摄协换届没搞上个主席，那个主席我可知道，拍马屁比拍照片强。

我没接他的话茬，故意逗他，史志办的领导过去叫史官，今日之历史在未来人眼中是什么面貌，全都是叶主任说了算，可不能轻易下论断。

这个罪名可担不起，凡事经了时间，真伪就难细辨。

比如呢？

大家心知肚明，不需要我多句嘴舌了。

彼此哈哈一笑，岔到下乡的话题上，干什么，怎么干，不能一头雾水扎进山里吧。问了两次，甘副调才懒洋洋地说，先摸些文化旅游口的情况再合计吧。

对对，要干就干成一两件大事。老叶把“大事”两个字咬得特别响，乍一听让人感到滑稽。

甘副调打断他，叶主任到底是在市委院子办公，接着天线站位高。依我看，乡村国是，规定动作，不节外生枝。

他是组长，把话堵在了死胡同，车里一下沉寂下来。大家心照不宣，索性闭目养神。去乡下的路还长着呢。

打盹醒来，车下了高速，正穿过县城去西边大岭，沿线的新城建设有了很大变化，道路宽绰，路边两行太阳能电线杆，都是红色的长鼓造型。小湛从上车后就在看手机，刷淘宝购物，看网络小说，大概这就是当下年轻人的标配生活。一直没吭声的她终于抬起头，望了望窗外，叶主任，县城建设很漂亮嘛，路灯为什么要设计成长鼓呢？

老叶擦去眼眵，瞟了瞟后排的小湛，慢悠悠地说，这个问题落到我的饭碗里啦。瑶不离鼓，长鼓起源，与瑶族传统的盘瓠崇拜有着密切关系。你知道盘瓠吗？

小湛摇头。

哎呀，那我又得往前溯源，给你好好补上一堂历史课！

小湛眼睛不离手机，诚恳地点头，我记性差，中学历史考过就忘。

盘瓠就是盘王，实际上是一个虚拟的图腾神，也是氏族领袖。

老叶背了南朝宋人范晔在《后汉书·南蛮西南夷传》中的一段："昔高辛氏有犬戎之寇，帝患其侵暴，击征伐不克。乃访募天下：有能得犬戎之将吴将军头者，购黄金千镒，邑万家，又妻以少女。时帝有畜狗，其毛五采，名曰盘瓠。"

不等他详细解释，小湛抢着说，我知道盘王，传说中是条狗后来变成了人，对吧？

老叶连忙纠正，是龙犬，帮商人高祖帝喾打败了犬戎部落，立功之后，娶了帝喾之女花英三公主，生了六男六女，繁衍了瑶族。

小湛吐出舌头，咬文嚼字，长鼓不就是一件乐器吗，又有什么来历呢？

再给你普及一下长鼓历史。相传，喜欢打猎的盘王追逐一只羚羊时，不幸跌落山崖，被梓木叉死。盘王子孙四处找寻，最后在崖底找到盘王与羚羊的尸体。他们将父王之死归罪于梓木与羚羊，砍下梓木，剥下羚羊皮，又将羊皮蒙在梓木两端，由此有了长鼓。盘王子孙举着长鼓沿途敲打，边打边跳，嘴里喊着，回来吧，回来吧！既是泄恨，也是招魂，瑶民也就此有了长鼓舞。后来，每隔三年五载，瑶族男女必须聚集，雕像供香，祭祀始祖盘王。

我闭着眼睛，耳朵却在认真听老叶讲古。盘瓠的传说民间有很多版本，他说得没错，关于长鼓起源的传说在南宋绍兴二年的《十二姓瑶人进山榜文》中有线索印证了盘王捕猎叉死一说。这次下乡我还特意带了老馆长编的书，刚好看到一段“渡海神话”的野史引用，说瑶人十二姓子孙，漂湖过海，历时三月，船路不到，水路不通，飞天无路，无可奈何之际，盘王出现，给了他们再生机会。瑶人子孙不敢忘记救世祖，酬还答谢圣王神恩良愿。用什么来酬谢报恩呢？杀猪焚香，长鼓祭祀。

我借着话题，向老叶求证永城民间的几件旧事，说的是瑶民多蛮，常因垦地引水、男情女爱引发的纷争悲剧。

老叶说，瑶蛮是有根源的，历史上他们就是古代南蛮的后人。

小湛问，永城瑶民是何时聚居的？

最早的记录始于明洪武初年，上伍堡李姓最早被“招抚下山，准买民田为业”，可这些人下山之前，都是“左腰长刀，右负大弩，种黍菽以为粮，猎山兽以续食”。

小湛听得饶有兴味，老叶接着说，遇到山大王，小心被抢上山当了压寨夫人。

听到取笑，小湛回应道，切！哄小孩的骗话吓不了我。

我称赞道，老叶好记性！

我说得不对的，你可要帮我打掩护，老馆长是专家，你是他的高足。老叶嘿嘿一笑，又把话引开，小湛啊，我唯一的缺点就是记性好，还特别记仇。

甘副调睁开眼，开口说话了，小湛啦，话说给你听的真要记好呀，叶主任记仇，专记女孩子的仇，你不小心成了他的仇人，网上有句话，前世的仇人，今生的爱人。

话一沾荤，气氛活了，大家都笑起来，忘了此前的沉闷。

行至分路口，左拐上行是西边大岭，路面像一面面镶嵌相连的镜子，光亮晃眼。山野葱茏，偶有飞鸟遁入林丛，空余四面阒寂。过一坳，就可看见几间黑瓦灰墙屋，再过一坳，依旧是那几间，仿佛舞台布景在这里循环。瑶民多是小聚居，若非逢年过节，平日的装扮饮食，很难辨识哪户人家是瑶是汉。

过了午后一点才到石喊坪，县文联主席李启生和乡里分管宣传文化的副乡长赵日升已迎候在此，一番寒暄介绍，就被引进了村妇女主任葛丽英家。一栋老宅屋，砖木结构，屋梁都是大木，上了年头，墙壁上柴烟熏得黑乎乎的。我四处探看，屋里并无床榻，该是建了新房，老宅就成了村里的接待餐馆了。

堂屋中央供着神龛，牌位上写着：盘古大王之位。两边贴着一副对联：金炉不断千年火；玉盏常明万岁灯。这是山村瑶家的典型堂屋。东厢房里圆桌上摆好了碗筷，一个裹头巾的老年瑶族女子表情木讷，端茶送菜，自顾进出。我专门拍过瑶民服装，当地人把头上裹巾叫狗头帕，男子的两端留五六寸，悬于两耳之下，其余卷至头顶；女子发髻绾至头顶，以蓝布裹住，两侧对折，向前垂落，像古戏中书生戴的帽子。孩子的头巾都会绣上八角星，象征太阳，四周的花卉草木，意为阳光普照万物向荣。

大家坐定，腹中空鸣多时，也不顾客套礼节，搛起就吃起来。赵乡长以茶代酒，举杯欢迎。他说自己是八五后，却肤色偏黑，几道抬头纹刻在额上，浮着几分中年沧桑感。

葛丽英吃过饭了，从头到尾没动筷子，陪在一旁端茶倒水，我问她，村里还有人打长鼓吗？

说有也有，说没也没了。

这话怎么讲？

赵乡长抢着回答，会打的越来越少，剩了年老的打不便（动）了，年轻人会打的更少，都外出打工了，一年上头春节回来那几天，哪有工夫学。

不至于会失传吧，民族特色丢了真可惜。我叹了口气，把老馆长的一套说辞搬出来。

老叶拿牙签剔出齿缝里的一块菜叶，往碗里一扔，语气凝重地说，长鼓是瑶族最古老的乐器，要在我们这代人手上丢了，沾文化边的基层干部，都是罪过呀。他这么一说，大家冷场了。

甘副调轻咳一声，说叶主任的话虽重，也不为过。这次带着文化扶贫的任务下来，内容很宽泛，当然不只为一个长鼓。乡村文化与时俱进，但原有的民族特色没了，说不过去嘛。他的话有轻有重，恰到好处。

赵乡长心思活，马上点头说乡镇文化基础薄弱，该批评，也接受批评。

甘副调接着说，我是学考古的，大瑶山绵延百数里，大小山坳我都走过了，考古挖的就是文化，也是一个地方的生命力。长鼓我也考证过，二十世纪九十年代末，东边大岭苏马凼出土的东汉墓砖就发现了长鼓的图纹，是乐器也是祭器，真正始源是瑶族先民对太阳和神树的崇拜，看造型，中间小，代表神树，两头又圆又大，象征日出日落。

李启生先鼓掌，甘局长学问精深，谈古论今，信手拈来。尴尬一下就打破了，他起身给人分烟，说各位领导各位老师，刚下来就琢磨基层文化建设的突破口，令人敬佩，好在这次下来时间充裕，慢慢走访，基层干部也正好跟着学习。

甘副调现场安排，老叶和我留在石喊坪，他和小湛去乡上，各自走访，三天后到乡政府开会，确定一个具体实施规划。

村支书黄旺生刚从外面办事回，赵乡长交代他，村里条件虽然差，但要尽力安顿好衣食住行。黄旺生满口答应，伙食在葛丽英家解决，新村部楼上有两间客房，被褥都换洗好了。

我常年在外跑得多，不在乎住宿条件好坏，倒是老叶，认定乡上条件好些，略有几分怨气，但听说村部综合楼新建成不久，黄旺生拍胸脯保证后勤服务，也就缓了脸色，没有提出异议。

安顿好住处，放下行李，老叶说要眯会儿，我挎着相机出了门。

村部一楼会议室门开着，室内整洁，墙上挂了十几块制度匾框，墙角长条桌上堆满文件夹，不用翻看，必定是上传下达的工作台账。黄旺生站在电脑前，指导一个年轻人修改一份汇报材料。

黄旺生回来之前，赵乡长在餐桌上讲过他的江湖传奇，在上海郊区当了两年汽车兵，骗了一位崇明岛的农村姑娘回来，一闹矛盾，总以上海人自居的老婆就嚷着：侬这个阿诈里（骗子），阿拉里昏（离婚），吾要回上海。他在城里跑过摩的，开过大排档送盒饭，户外空调安装，卖过盗版图书，花样搞得多，都没混出名堂。过了四十岁，上海老婆把他骂回来，安心当起了村干部。我心生感慨，人都不是一张白纸，为了生存，都活得不平坦。

我跨进门，黄旺生立刻放下手上工作，迎上来，指指我的相机，这架势，姚老师是要去拍照吧。我给你推荐一个地方，风景绝佳，尚未开发，我们村下一步搞特色旅游，要把那里打造成知名景点。

开发旅游好呀，带动农家乐一起做火了，石喊坪老百姓富了，那就成了典型。

不说当典型，我是想在位就要干几件实事。

景点关键是要讲故事哟，书记说的那地方，有什么故事呢？

姚老师说到点子上，讲好故事才引得人来。他支支吾吾，好像遮遮掩掩一件宝物，想拿出来又怕被人抢走，最后我听到一句：盘王在洞里住过一夜。

说来说去，就一山洞，我忍着没笑，转了话题，村里能打长鼓的人还多不？

讲句实话，真少人打了，打鼓不能当饭吃，不能起家发财，这年头，谁看得上？谁去惦记？

我心中一紧，村支书也如此悲观，何况普通村民。

盘修年家住哪一片？

你说盘老哥呀，他最近身体不好，可能到乡上教书的儿子家去了。他们家住半坡口，老村部旁边那栋只建了一层的青砖房就是。

我转身走了几脚，他追出来，让锦灿带你去。

锦灿是帮他输电脑的小伙子，前两年在广东一家专做代工耳机的电子厂打工，召回来当了村秘书。他骑着一辆半新爱玛电动车赶过来，要搭我上去，我说还是走几脚路吧。他左右为难，也不下车，双脚撑地，驾驶电动车慢慢悠悠，边陪我说话边往前走。

会打长鼓吗？

他摇头。

想过学吗？

没时间学，小时候看老一辈的打，后来出去打工，一年上头回来待不了几天，年轻人聚一起不是打牌就是玩手机。

盘修年是长鼓王，你知道吗？

乡上人都知道，但他现在出了点问题。他指了指头。

摔伤了脑壳？

他老伴前不久过世了，和医院扯皮，到村部来发牢骚，抱怨困难多要扶助。您最好别去招惹他。

乡村现实很复杂，起初有人不在意这一轮扶贫，看到上面动真格，大会说小会喊，从上往下各种补贴资助，实惠好处多起来了，都恨不得往自己名下要。有的贫困村僧多粥少，有的边缘户眼红相争，让乡上村里常常左右为难，给了，不符合政策；不给，村民有意见，闹矛盾起纠纷。

绕上半坡口，有一块空坪，建了一个小戏台，台上空无一物，墙壁上都是孩子涂鸦，村部搬了新址后，这里的老村部房子就荒废了。我问锦灿，戏台还有人打鼓唱戏吗？

建起后好像搞过两三次活动，后来就没怎么用过，没人打也没人看，你看照明音响这些基本设备都没有。他朝操坪旁的一栋房子指了指，说盘修年家到了。

果然是大门紧锁，人不在家。大门西侧墙角有个窟窿洞，一块木板挡住了。瑶民房子都有这个洞，当地人称“龙眼”，其实是狗的通道。

我凑近玻璃窗向里探看，堂屋西侧墙上设有神龛，神位牌上写着“冯河盘皇圣帝盘姓宗族家先”的字样，左右对联写的是：“敬盘王风调雨顺，习长鼓五谷丰登。”神龛左侧是一张彩色照片，一个穿蓝格子的胖老年女性，戴着狗头帕。这该是他的亡妻。屋里摆设有点凌乱，桌椅板凳东倒西歪，地上还有嗑吃的瓜子壳未清扫。没有女主人的家庭总要乱一点。

我招呼锦灿往回走，让他帮我问到盘修年的电话，这趟下乡，一定是要见到他本人的。

沿着山路往上看，还有不少住户人家，我问，村里没有搞易地搬迁？

我们这里离冯河水库有些远，前年的库区移民就搬迁安置了库区东边三百六十一米往上的十几家住户，有人不愿搬，山里生活习惯了，想搬的政策又不允许。

我叹了口气，好政策不见得村民都会响应，穷不思变，山里人的固定思维，注定了贫穷的桎梏。

锦灿以为我还想往山上走，喊住我，走两里路，还住了一户会打长鼓的，叫冯茂山，他原本在外面打工，前几天回来了。

那我们去看看!

三

山里瑶民寡言，一棒子打不出三句话。冯茂山是个例外，到底是在外打工见过世面。他刚从学校回来，穿了件灰麻色西装，坐在屋前抽烟，一双手被烟熏成了十根乌色树枝。儿子读乡里的寄宿中学，最近不想读书了，逃课泡网吧给逮住了，学校把他从广西南宁叫回来了。他在一家木厂当锯木工，噪音太大，得了耳鸣症，赚点辛苦钱，盼着儿子读书有出息，却偏不上进。

他长了张蛮面，眉头紧锁，手指夹着吸烟，烟快抽到过滤海绵，烟雾从鼻子眉毛前袅娜上升，穿过发丛。我赶紧按下快门，额头的皱纹里，像是向外冒着白雾。他屋里的墙贴得花花绿绿，中间是领袖毛主席的宣传画，两边是过期的风景挂历照。其中有一张《梅山图》，画的是盛装打扮的瑶民聚在一起打长鼓。

我说孩子教育是大事，到了青春叛逆期，总有些摩擦矛盾，过了这一段又好了。

农村孩子，身在苦中不知苦，不晓得他有什么资本。他苦笑，进里屋搬了两把竹椅出来，又把一杯水古冲递我手上，尝个味，自家酿的。

水古冲就是当地瑶民自酿的甜酒，糙米煮熟，拌上山上采来晒干后的酒饼草与米粉，发酵四十八小时，酒水和酒糟苦甜相混消暑散热，味道香醇。我在东边大岭走访时喝过，夏天有人上山劳作时兑上山泉水，格外清凉爽口。

你会打长鼓?

十六岁就跟父亲学会了。

容易学吗?

那时节白天田活忙，只有晚上学，我学了三十六套动作，复杂的是七十二套，现在怕是会打的没剩几个人了。

你父亲从哪里学的?

他是跟乡上中学朱校长的爷爷学的，那是一个老师公。乡里的师公都会打，他和盘修年是老搭档，还有朱校长的父亲，我们习惯叫朱老伙计，套套动作打得精妙，可惜瘫痪卧床好几年了。

你打的年头也不短，也是老师傅了？

朱老伙计、盘老哥才是真的老师傅，当年两人打的“桌上长鼓”，站在一张四方桌上围着烛火穿来转去，轰动过整座大瑶山。这几年我在外打工，很久不打了，我做娃的时候，打鼓的节庆日子，跳唱作乐，三天三夜，现在没那个氛围了。过去永城歌舞团的来请我教学生，那时候这房子还没建，是他们团长带队来学的，我猜那几个学会的现在怕也不打了。

能不能打一套？我举起相机，做了个拍摄的动作。

冯茂山犹豫，抱着歉意地说，大瑶山打长鼓是有特定时间的，腊月十五后正月十五前，祭祀还愿，婚嫁喜丧，开春放炮，重大的文化活动，别的时间我们不打，再说，我屋里的长鼓都封存在阁楼上了。

我不愿勉为其难，就和他继续聊教育儿子这件事。他说他把儿子堵在宿舍，狠狠教训了一顿，儿子最终犟不过老子，答应继续上学。

你儿子会打长鼓吗？

会个屌，以前逢年过节我打长鼓，小时候还看个热闹，长大了看都不愿看，说打鼓祭祀是封建迷信。

我们离开，冯茂山送到半坡口，反复为没有满足我的请求道歉。

刚把晚饭吃完，黄旺生跑来，冯茂山明天上午想请我去看打长鼓，打完他就回南宁了。我心中一喜，让葛丽英帮我买条黄芙蓉王的烟。

第二天我到冯茂山家中时，他已经换好了瑶服，穿一双青色圆口布鞋。我四处搜寻，没有看见长鼓。黄旺生也陪着来了，猜到我在找什么，悄声说道，民间保管长鼓有讲究，平常放在阁楼上，过春节或还愿时就摆在神台上，打鼓前要拜神，民间说法是请鼓。有的还去庙里拜祭，请法师请鼓，打完后再送回庙里收鼓。老班子打长鼓，师公必须净身、穿瑶服，表示有诚心，这样才灵验。

说话之时，冯茂山已从阁楼取下来一个雕花杉木长鼓，摆在堂屋神龛前。他点燃香和几张纸钱，蹲在地上念念有词，纸钱烧成灰烬后，他起身站立，双手持香放在额头前，面对神龛三拜，将一支香插到神龛上盛米的碗中，另两支香分别插到前后门的地坪上，最后走进堂屋，持起神台上的长鼓，宣告请鼓仪式结束。

想看“文打”还是“武打”？

老叶第一次看，请鼓仪式搞得如此庄严，也来了兴趣，何为文，何为武?

我说，两种风格，与地域有关。

黄旺生站在身后，低声补充，文打步伐活，人墩得矮，动作平稳缠身，也显灵巧。武打的动作舒展幅度大，节奏感强，粗犷有力。

老叶说，都晓得村书记是吹鼓手，没想到也是个打鼓手。

黄旺生憨笑，连忙摆手，没吃过猪肉还不允许见过猪跑路啊。

冯茂山先给我们演示几个基本动作。他左手手心朝上，握住鼓身中部，横于身前，虎口朝着一端鼓头，这是阳手横鼓。左手握鼓中端，手心向上，鼓头朝左下方，鼓前低后高，这是下阳斜鼓。他又摆一个姿势，左手虎口朝上握鼓中部，竖立身前，这是正竖鼓。

老叶急性子，听得一头雾水，催说赶紧打一段，说多了记不住。

冯茂山缓步退到屋坪中央，说给你们打一段走角吧。

黄旺生对老叶说，走角就是走路。

头一回听说。

过去出门肩挑背扛，山路窄，人不能挺直身体，都是趴着往上爬。

冯茂山立定身，调匀呼吸，原地右脚轻跳，左脚屈膝勾脚前抬，脚落定，身体左转一圈，左手下阳斜鼓，经右手拍击后于左肩旁反竖鼓，双脚做跪蹲状。接着左手前翻腕，长鼓划出一道上弧线，落至左侧阳手横鼓，上右脚来一个大八字半蹲，右手拍鼓，鼓向左经立圆划到右边成正竖鼓。又接着左脚上勾前抬，右脚原地小跳，鼓向前立圆一周成正竖鼓，右手击鼓尾。他曲蹲吸跳，上肢手臂变换鼓花，透着股刚劲气，动作流畅得像条水中游鱼，扑溅出一朵朵水花。

我端着相机，咔嚓不停，拍完一组长鼓舞照。老叶看得津津有味，鼓掌叫好。

瑶山长鼓有讲究，打鼓拜四方，待冯茂山东南西北各打一遍，立身收鼓，额头上冒出一层细密汗珠。他气息起伏，说这只是打了几套动作，到了正式演出，全部打完要个把多小时，打完下来一身湿淋淋的。

我说，冯师傅打得这么好，不接着打太可惜了。

可惜什么，地球离了谁都照常转。

没想过带几个徒弟？

老师傅不打也不教，年轻人不学更不爱。

讲心里话，是不是觉得政府没引导、少扶持？

冯茂山不吭声。老叶说，政府应该把你们当长鼓传承人养起来，大家四处讨生计，不是个办法，长鼓也难发扬光大。

冯茂山露出怅惋之色，凡事都有个命数，世界变化太快，前几年有一回县里文艺汇演，请了盘修年老哥带我们去表演，一个舞蹈教练排练节目，非把动作改得花里胡哨的，把盘老哥肺都气炸了，哧呼哧呼回来了。

我还没见到盘修年，想起老人那个生气模样，也不知舞蹈教练生搬硬套，把民族舞改成了什么流行风。冯茂山进屋收拾，把烟硬塞回我手上，说吃了午饭就要赶去县城，晚上去南宁，经过县城的火车只有一趟。

下乡第三天，黄旺生带我们在村里转，他想添置几套体育健身设施，领着去看留下的几块空坪地。老叶豪爽地答应，这个包在他身上，当场给党校的同学、教体局的副局长打电话求助，就把事情办好了。

我问起黄旺生那个盘王睡过的山洞，多大多深，路途多远，周边还有无山水风景。

洞的文章做起来费些周折，没有实力的公司压根开发不了。

书记这个认知到位，没开发，不如让它保持原生态。

老叶当过市旅游局的顾问，听到我们聊旅游，如果真有价值，我让市旅建投的帮你们找开发公司？

一个破洞，麻烦叶主任的地方多着了，以后再说。

我也不再追问，也许他说的那个洞，对大瑶山来说不过是状如蚁巢般的穴窝子。

张馆长的电话这时突然打过来了。这两天我没来得及与她报告，长鼓王还没碰到面，基层文化生活就是坪前屋后跳跳体操舞。

她的声音很兴奋，市委宣传部刚组织开完会，第一时间给你打电话，下半年永城要搞一个盘王节会，邀请一些客商乡友出席。这个活动怎么办，原以为是县里主导的事，上升到全市群众文化活动，我就成了艺术总策划之一。

好啊！我心想，节会招商，不是什么新招了。

听说是市长想的这个妙点子，节会讲述脱贫故事和变化，过去没有过吧。她又嘱咐我，大瑶山的长鼓要响起来，你找到长鼓王，做好长鼓现实状况的调查工作，先把这张网断了的线接上头拉起来，活动方案一旦确定，我们下来就直奔主题。

挂了电话，我把盘王节会的事转述给老叶，他拍了拍脑门，大好事呀，文化落地要载体，说不定这是长鼓复兴的一次机遇。像“我们的节日”一样，把盘王节打造成永城瑶民的节日，把像冯师傅这些会打鼓的人集中演出，如果能做一场以瑶民迁徙为历史背景，以扶贫脱贫为时代标志的实景剧，让石喊坪的长鼓舞传承人参与演出，家门口就有了收入，也不用到外面奔波打工了，何乐而不为？

老叶脑瓜子转得快，不得不佩服。他叽里呱啦又抖他的书袋讲古，湖南半省是瑶地，广西十口有三丁；广东二十一洲县，洲洲县县有瑶民。瑶族的《过山榜》中有明文：“摇动长鼓，吹笙歌鼓乐，务使人欢鬼乐……”

老叶平时说话拿腔捏调，但说起瑶文化，张嘴就是典故，我还真不该小瞧了他。

四

撞到眼前的盘修年让我大吃一惊。他干瘦得像根树枝，又如被风吹得悬在半空的一张纸，走路踉跄，让人很想上前扶一把，生怕他摔倒在地。

我们找过他好几次，甘副调召集在乡政府开会那天，就派人去他在乡镇中学当老师的大儿子家，没见着人，说去了县城的小儿子家。大家嘴里的长鼓王，有些结皮，不好打交道。待真见面，这般身体，真是廉颇老矣。

那次碰头会，初步拟了几个项目规划，主要与文体设施配备、送电影送戏下乡、农家书屋有关，最后说到长鼓舞，大家不说话了。我说了张馆长传达的信息，赵乡长说是有这回事，县里年初的政府工作报告就说了打造节会品牌的计划，县直部门各乡镇都要鼎力支持，估计是在移民新镇举办。如果我们主动参与过多，会不会引起人家反感？

甘副调说，上面讲的是举全县之力，还调动了市里的专家来支持，意思很明确，群策群力。办好节会，打响品牌，民族文化传承了，受益的是大瑶山的老百姓。

会后，他带小湛打马回城，对接具体实施的项目。他们一走，老叶和我四处走访，打算把长鼓传承人的现状往深里挖一挖，整一份给张馆长的联系名单。

石喊坪不大，住了几天老叶就待不住了，建议到乡上住几日，信息来源也多些。我们白天下村转，晚上就住到乡上的红太阳宾馆。

宾馆是乡里一赵姓基建老板开的，前几年与人合伙买了一台混凝土搅拌车，发了家，把隔壁的宅基地买下来，建了栋五层楼，每层隔出几间房，按照快捷酒店的模式布置成了乡上最好的宾馆。赵老板的父亲是个能干的老头，身兼多职，迎宾、保安、厨房采购和卫生清洁员，每天的不同时间段，他会换上不同的服装出现在宾馆一楼大堂。

乡下房子一楼的层高很高，说是大堂，其实就是又高又窄的一个厅。厅里有两张深褐色木座椅，赵爹说是他从广东清远淘回来的正宗红木，有年头的老木。老叶不信，搬动一角掂掂重量，俯跪地上看背面的木色。每次见面两人都要就这个问题争论一番。那天都坐在大堂闲来无事，又说到木头材质。我问赵爹长鼓的用料。他说传说中最早是梓木，后来沿袭下来，多是用杉木做的。

有见过楠木的长鼓吗？

他摇头，长鼓发声，两头要挖空，楠木木质密实，民间无人选这个料。

乡上会制作长鼓的人多吗？

这门手艺早没人继承了，几个会打鼓的老伙计前些年还能自己做，打的人少也就没法做这门生意了。

有人打鼓就有人做鼓，是这个理。

老叶问赵爹，听街上人说，您年轻时是山歌王子？

好汉不提当年事，见笑啦。

给我们唱一个嘛？

他忸怩着站起来，我唱一段民间的《长鼓出世歌》。然后清清嗓子，哼了个小调门就唱起来：

梓木长在山坡上，格木长在大岭中，瑶人山中砍大树，砍树挖鼓两头蒙。梓木不裂好蒙鼓，樟木浮水好钉船，先进深山砍大树，再架木马砍鼓胚。精心再把鼓腰刮，最后挖空两头蒙。

他底气足，唱得有板有眼，引来隔壁几个无事的乡邻看热闹。我说，看不出赵爹的歌子唱得这般好。老叶接着夸赞，所以早就有人这么说，瑶山山歌多，出门三步歌绊脚。

那当然，瑶山歌崽有几多，他比牛毛还要多；唱到北京打一转，还未唱完牛耳朵。赵爹听了赞美，不免有些骄傲，过去是从三岁娃童，到八十岁老妇都能唱，婚讨嫁娶、逢年过节少不了，上山砍柴、出门劳作也是歌不离嘴。乡上过世了的赵庚五老爹，名不虚传的歌王，见到什么唱什么，问什么唱什么，可惜没人接他的脚。

乡邻撺掇他来一首带“想”的，他脑袋快摇落，说这个我可不唱了。我问旁人什么是带“想”的，答说是男女相恋相思。众人坚持，奉承几句，他思忖片刻，说那唱一首，莫笑话我这把年纪的老倌子。他唱道：

青山叠叠雾重重，山路弯弯草蒙蒙。妹和哥哥两相好，背刀去把路修通。哥唱山歌想妹深，一条肠子断九根。三天粥水没下颈，龙肉送饭也难吞。

众人听罢哈哈笑，赵爹唱完摇手，再也不肯唱了。

老叶说，长鼓传了这么多年，瑶民家中也收有老长鼓没？

有乡邻吹哪里看到过有年头的长鼓王，赵爹不等说完，别瞎吹了，没有肯定是假话，但要说有现在又下落不明。

老叶说，下落不明那就说还是有宝贝啦？带我们去找找吧，说不定比你这红木家具值钱多了。众人哄笑。

赵爹瘪着嘴，却不生气，祖一辈的人讲过，千家峒迁出来的一支瑶民带过一对老长鼓到永城，是野山羊皮和空桐木做的，大概是清朝时候的事。盘修年打听过这对长鼓的下落，到东边大岭的明文村问到过一家，常年放在厨房，熏成了黑色，鼓皮开裂破损，鼓木让虫蛀坏了，竹钉也缺了好多颗，当时就断定不是要找的长鼓。后来又听说到了另一户人家，“破四旧”的时候，主人不愿祖宗留下的东西失传，冒着生命危险把它挖坑埋起来了。有一年，外地来了个美籍华人，开价两万美元找这对长鼓，民间就有人在四处搜寻，有的说卖了，有的说主人没有出手，说祖宗留下的“传家宝”不能卖。

事情真的假的啰？

你们当面锣对面鼓问问盘修年。

听说是你们找我？盘修年一脸的懵然，语速极快，指着我的相机。我抬起机子，咔嚓就来了张特写，然后递过去。

盘老哥很帅。

他瞟了一眼，年轻时更帅，老了不中看也不中用了。

盘老哥谦虚，老有老的帅，我们很荣幸，终于见到著名的长鼓王。

长鼓怎么敲，鼓里歌本多少曲，我不说来你不晓。

所以盘老哥才是长鼓王。

他懒懒地说，哪是什么鼓王，早不打了，我是卧龙岗上那散淡人。

为什么不打了呢？

过去人高兴悲伤的时候才会打，现在的我黄土埋到脖根子，混一天算一日，打不便（动）了。看到门口经过一位乡干部，他孩子气地扭过头，两人用方言搭讪。乡干部走了，他发牢骚，水流东海有波形，人生在世有不平。

老叶说，有什么不公平的事，老哥跟我们叨叨，一起帮你想办法。

说与你听，能还我公平？前不久，屋里婆娘发急症，到县城医院治病，原本她就是老药罐子，高血压、低血糖、冠心病，这次腰椎间盘疼得实在厉害，找到医生，说唯有动手术，签了字上了手术台，个把小时后医生出来告诉家属，做不了手术，又缝合好了。瑶家人有个风俗，死在家中才算真正找到了归宿。我晓得情况不妙，早几天就听到屋外黑鸹子叫，光听到声音却不见影子，那年老支书死，也是黑鸹子在村西头叫了一个多星期。医生劝我们把人拉回去，还热心联系安排救护车，打上氧气包。婆娘路上昏迷不醒，颠簸到家一会儿就落了气，像是掐好了时间，睁开眼睛看了看天花板，说了声回家了，就闭了眼，别的话一句都没留。

最气恨的是什么？救护车还让我们出了五百块钱。我还没去找医院的事故麻烦，司机说用了他的车就要收费，医生的事他管不着，这算公平吗？说到伤心事，他的眼睛湿了。

家长里短，是非敏感，想起锦灿说他怨言多，我不知该如何接他的话。

赵爹过来劝说，生老病死，知道你盘老哥把屋里婆娘看得重，少年夫妻老来伴，过了都过了，凡事看开点，哀多伤身体。

盘修年擦了把眼角的泪水，话是这么说，自己经历才知痛。

老叶也开导说，家里真有困难，可以找村委，不行就找赵乡长。

他瞪圆眼睛，满脸懵然看着老叶，停顿片刻，好像才意识到要问清我们的身份：你是谁？

我们被他这一问，场面变得滑稽。赵爹见机道，盘老哥，这位叶主任的级别相当于副县长，他说找谁就找谁。

盘修年双手一拱，眼拙眼拙，县长找我有什么事就说吧。

张馆长又打电话来了，这位艺术总策划兴奋地告诉我，又开了协调会，定了农历十月十六日举行盘王节会，地点选在移民新镇。

移民新镇原址是一个老瑶寨，新建上百栋民族风格的房子，安置的是水库移民和易地搬迁户，百业俱兴，如同建了一个新集镇。

县里考虑选这里，是有意把千年瑶寨的文化和变化结合在一起宣传。她正在劲头上，给我长篇大论谈活动设想，说是熬了几个通宵终于拿出一个方案。

你听我讲，核心是瑶民俗文化，场面要有气势，千人长鼓、千人打糍粑、千人竹竿舞、千人长桌宴，重头戏一定是长鼓舞。这是她的风格，喜欢大场面，场面大了，媒体自然都要抢着报道。

馆长出马，活动必定成功。

长鼓王的思想工作做通了吗？

还没有，老人固执。

无论如何要做通思想工作，还得让他愿意与冯茂山搭档，长鼓舞的表演者都是成双。她急起来还说，这是政治任务，开不得玩笑。

说到盘修年的事上，我和老叶反复上门做了几次工作，他坚持说年纪大了，身板骨快散了，哪里打得动。我们明知他是找借口，只好耐心劝他。

老叶说，您不用动真格，就象征性地上上场，摆几个动作。

原来让我做摆饰，那更不需要上台了。

我说，您是省里认定的长鼓传承人，不上说不过去啊。

你们马上可以撤掉我的传承人，我没任何意见。当时上面说我是传承人，有传承文化的义务，我说不想干，专家认了我，可我们传承人又得了什么好，哪个把传承人看在眼里，连基本的尊重都没得到过。

老叶说，这次我们帮您争取补贴。

给了也不要，我穷但有手有脚，自力更生饿不死，饿死也不做讨饭的叫花子。话一谈到现实境遇，就卡了壳熄了火，盘修年甩出他的蛮脾气。

盘修年不松口，我和老叶也性急。馆长所交任务完不成事小，长鼓舞传承人不打鼓了，把一个好端端的民族特色丢了，让我们这些专程跑下来的文化工作者情何以堪。

我们邀上赵乡长登门，他倒好，假装不在家门也不开，要不来个兔子不见面，一早就出门躲起来了。拎的礼品放在家门口，过了两天他悄悄送回了村委会。

我向老馆长讨主意，他却笑了，说再缓几日去，盘老哥就是这倔脾气，认死理。你们没听说过，他年轻时夫妻去姐夫家，姐夫开玩笑，把他婆娘搂抱了一下，结果是他七年再没登过姐姐家门。可他呀，刀子嘴豆腐心，你们让李启生跑一趟。

赵乡长向李启生求助。他们有老交情，出个面也是探个底，盘修年到底出于什么原因，态度如此坚决。

那天我们刚到村口，远远看到盘修年背着一个编织袋往外走。李启生热络地打招呼，老庚，上哪儿去？

你怎么来了？乡上朱校长的父亲过世了，你晓得那都是多年的老伙计，今晚做道场，我去打套长鼓跟他道个别。

李启生回头望我一眼，撇撇嘴，意思是这个情况不好谈了。

大瑶山的丧葬有些老风俗还没丢，碰上了正好去拍些照片做资料留存，这个机会难得。我一听盘修年要去赶道场，连忙说，盘老哥，我们跟您一起去凑个热闹，也看看您打长鼓，可以啵？

他说，你们去敢情好啊，朱老伙计是个爱热闹的人，知道你们这些领导去送他，过奈何桥也走得稳当些。

我借了锦灿的电动车，黄旺生骑摩托，搭着老叶、李启生，四人前往乡上朱校长为其父亲设在老屋里的灵堂。

瑶人死后多做道场，人是早上死的，道场就从下午开始，如果是晚上死的，则从次日中午开始。这是喜丧，年近九旬的朱老伙计以前是乡上有名的老师公，要做大道场，周边一下来了十来位曾经做过师公的中老年瑶民。大家见到盘修年，都热情上前握手问候。他把我们介绍给朱校长，就去旁屋里做准备换服装去了。

几位师公带着“请水”的队伍刚回来，棺材摆在灵堂偏左，这是按乡俗中的男左女右，队伍入得屋来，一个中年师公给死者两手各放上些许饭食，死者过奈何桥时将食物撒给桥下的鱼、路边的狗吃，可以顺利过桥，又在死者的头、肩、腰、脚处各放了一块瓦片，意即在阴间有屋住，也记得生前家的模样。棺木前左右各一位挑“土地担”的纸人，举着纸做的灯盏，阳人的白天是阴人的黑夜，点了灯就能看见路。

长鼓舞将在晚餐后做道场时开始。盘修年把平时压箱底的瑶族服装都带来了。他这套服饰全是手工绣的，说简单，也复杂。一些村民堵在门口围观，我挤过去，提出全程拍摄的请求，他没拒绝，对相机十分友好，边穿边讲解服饰的特点。

他戴的头巾是一块三米长的深蓝色土布，一端镶有织锦花边。他用布包住整个头部再顺时针方向缠绕成圆形，留有十厘米长的布头翘在头左侧，另一块大红色织锦斜角对折后，用红绳固定头帕的后部，三角形的尖部朝上。

他说，过去严格的长鼓表演，都要遵循祖传禁忌，那是对盘王先祖的敬重与崇拜，在丧礼上跳，也是对死者的尊重。他穿上无领对襟上衣，衣身宽大，袖口较窄，衣长至膝上，领口袖口都镶有浅蓝布条或织锦花边。那条中式便裤，长至踝骨上方，裤腿肥且短，裤脚边镶宽幅自织花边。

衣服上身，整个人的面貌气质大变。从换衣到穿好走出来，他花了将近半小时。临了，又系上了一条围裙，布料和衣服同色，宽约五十厘米，长约七十厘米，三边镶有花边或蓝色布条，用自织的花带系于腰间，与上衣的下摆等长。

他踩着镶有红色云纹的船形蓝色布鞋踱了几步，在一把高脚椅上坐定，向黄旺生招了招手，请他帮忙打绑腿。白色家织布制成的绑腿，布上挑有深蓝色的小花边，两头还有约三十厘米的彩穗，黄旺生从踝关节开始逆时针层叠缠绕，直到膝盖下方固定。

晚餐流水席吃得早，吊唁和看热闹的人们吃过饭就找位置坐下，等着看表演。屋坪搭起的油棚里有个临时摆好的舞台，乐手和女歌手停止了奏唱。

衣装完毕，流水席撤走，都管上台讲了几句丧事安排后，请出道场师公摆事。盘修年出场了，走到台前，向众人点头致意，衣服上的彩纹花饰衬得他脸上出现了久违的红润。他朝灵位处三鞠躬，朱老伙计好好走咧，你腾云驾雾，到了天界过潇洒日子，莫忘哒我，迟早我也要去那个地方。

他向四周抱抱拳，扯开嗓门，朱老伙计，你的崽请了风水先生帮你看了块宝地，左青龙右白虎，保你再无病缠身，眼睛看得见，耳朵听得到，手脚麻利精神好，你有个好崽子哦！

他绕台转一圈，声音更响了，朱老伙计，我们是老搭档，你走了，丢下我来给你打套长鼓舞，我想了想，我就独人打四方，最后给你打个“桌上长鼓”，送你过瑶山，行走十八里，天寒不冷有福人呀！

人们鼓掌喝彩，两个帮事的男子抬了一张四方桌到舞台前放稳。

上香烧蜡，请出长鼓。他神色一敛，对着屋里的神台打出一个“拜神朝圣”，又绕桌一圈，礼拜四方。他踩在长条凳上，一个跨步，人稳稳当当站在了方桌上。他边打边唱：手拿三尺长腰鼓，捉来拍响敬盘王。乌云当伞遮得远，月亮做灯亮得宽。

场内喧声渐消，观者聚精会神地看着他，他左脚上步，弯膝成“点靠步蹲”，双手做“竖莲花”状，稍一停顿，右脚向左盖步立身，左转半圈，左“阳手斜鼓”于胸前，右手击鼓右端，鼓从左下臂绕至左背后成“反竖鼓”。他右脚直立，左脚后勾抬，脚跟踢鼓左端，右手右肩上后拍鼓。

东南西北，四方动作重复，众人鼓掌不息。

待掌声歇停，盘老哥腾空落地，像片落叶，悄无声息。他的长鼓舞并未结束，走到桌前继续。他双脚直立，向左碾转半圈，左脚上步成“点靠步蹲”，双手体前来一个“莲花盖顶”，重复三次，两脚盖转接后勾抬腿跳，双臂上下后旋，动作一气呵成，最后以左“阳手横鼓”右手护鼓收身。那鼓音沉实，忽而炸裂成瓣，像把钩子，又勾起人们对逝者的悲思。朱校长站在舞台一角，直愣愣地看着，泪水打转，簌簌扑落都顾不上擦去。

真是大开眼界，没想到六十大几的盘老哥身体如此灵活。老叶格外激动，冲着台上竖起大拇指，他这几天借了老馆长写长鼓文化的书在看，记住了几个动作造型，俯到我耳边，盘老哥的桌上长鼓打得好，上桌一个“金鸡展翅”，下桌来个“画眉跳笼”，文武兼具，不愧是长鼓王。

五

不知何时下过一场小雨，墨黑的夜中，车灯推倒一堵堵黑墙，山野间游动着黏湿却清新的气味。耳边能听到道路两侧落叶松、水杉上雨滴落的声响，像时间的每一秒，一嘀一嗒，回声荡出很远，层层叠叠，往山上奔跑。

送盘修年到家，帮他脱下服装，他坐在堂屋歇气，之前满满的元神又一点点散掉了，烟灰掉落手掌虎口处，也不掸落，像长了一颗痣。

人活一世，草长一秋。朱老伙计屋里祖传的长鼓怕是断了，他爷老子教了我们四乡八里多少长鼓艺人，他崽伢子读书出来当了校长，传不下去了。

我说，文化兴替，跟山路起伏一个理，不要太悲观。

路在脚下，不管怎样都是要往前走。

县里定了农历十月十六日举办盘王节会，盘老哥不出场那真是大瑶山的遗憾。

各人路，各人走，有什么好遗憾的？他拿起毛巾，擦了一把额头和脖颈的汗。

看到我沉默了，老叶又挑起话头，在永城，怕再找不到谁比盘老哥的长鼓打得好的人了。

盘老哥很受用，年岁不饶人，如果还年轻一些，上打“雪花盖顶”，下打“古树盘根”，右打“鳌鱼吃水”，左打“鹞子翻身”，前打“鲤鱼跳龙门”，后打“野羊反臂”，都还做得来。

老叶说，应该组织年轻人来拜您为师，把长鼓传下去。

盘老哥不吭声，望了他一眼，为什么盘王节要定农历十月十六这天？

老叶知道是考他，回答道：盘王是瑶家主，十月十六日午时生。这一天是始祖盘王生日，瑶族子孙为祖先庆贺诞辰，也是还愿酬谢的绝好机会，况且这时节农作物已经收获，农闲时间宽裕。过去的盘王节还有个说法，三年一小愿，十二年一大愿，届时全村或邻近村寨的瑶人都来祝贺。说完得意地看了看盘老哥。

盘老哥若有所思，掐了几下指头，说今年是还大愿，也是该搞一次隆重的活动了。他举起有好几处虫蛀眼的鼓身，叹了口气，岁暮归山，鼓残归屋。

这几天，我就等着他聊长鼓，老馆长给我打了预防针，杀手锏到最后再使出来，不怕他不出马。

瑶山的老鼓，盘老哥也见得多吧？

有历史的老鼓，手感、鼓音自然不一样。

听说千家峒的瑶民带出来一对长鼓，流离战乱并没毁，能独自发出鼓鸣。

盘修年瞪圆眼睛，你从哪里听说的？

有一个白须白发道人模样的老者，曾经送过一只鼓给我的老师。

大瑶山只有东边大岭龙尾的庙里有道士。

我去过那里，不知现在庙里变化大不？

说说你老师是哪位，不会是永城的老馆长吧？

我点头。

哎呀，大水冲了龙王庙，小姚看你藏得多深，我问你老馆长还好不？当年他下来采访，就住在石喊坪老村部，吃住在我家，我婆娘做的菜他喜欢吃，那时小儿子小学毕业，好多年了，后来断了联系。

老馆长腿脚不方便，不然早就下来看你了，特意嘱咐我问候盘老哥好。

该是我去看他。

老馆长说长鼓是一对，可惜不知另一只下落。

怕是早没了，你说的那只鼓，如果真是龙尾盘王庙的鼓，就是一只长鼓王。

长鼓王，很值钱吧?

不是钱的问题，你带我去看鼓，我要知道你说的是不是真的，我要去见真身。

老叶插嘴说，姚老师不会虚构一只假鼓来诓骗盘老哥，只要您参加这次盘王节，就可以看到鼓。

老叶一说话，我却感觉一件真事被我俩演成了双簧骗局。盘修年哈哈一笑，说你们两个小骗子，就诓我吧。见到长鼓王，你们不要我打，我也要抢着打。

盘老哥，那你就是答应了，一言为定，不准失悔!

他又笑起来，说出的话，泼出的水。

张馆长风风火火，带着组建的艺术团队到了移民新镇。她是个工作狂，来了就投入到活动的具体实施中，每个毛细孔都冒热气，浑身都攮着劲，有了疑难，一个电话来了，我和老叶就得赶紧过去。她是把我们当成了瑶山通、长鼓资深研究者。她想法多，一股脑抛出来，遇到的阻碍也多，让人头疼。她办事总照着一个又好又快的标准，我和老叶还在琢磨问题的解决法子，她却改弦易辙找到了新的办法。

她下来之前，请文艺界的几位老前辈开了个诸葛亮会。老馆长灵光一闪，脱口而出，就把这场活动定名为“鼓舞瑶山”。张馆长拍案而起，大瑶山作别贫困，“鼓舞”二字，一语双关，寓意极好。

我们碰面，反复讨论了把瑶族歌舞文化、婚嫁习俗等民俗特色展示出来的问题。她说，看了很多资料，形式跟内容相结合是关键。千人长鼓，分方阵表演不同的形式，完全有可能。

我也认为这是个好主意，长鼓舞原本式样多，有盘古、芦笙、锣笙、桌上长鼓。

现在不是流行一个新词，叫打卡，办好这次盘王节会，就是要把这里变成网红打卡地。她越说越激动，恨不得一夜之间人马道具都准备齐整。

盘修年从手机照片中确认了，老馆长收藏的是有历史的老鼓。他不急着去看实物了，却说先帮着打听清楚白发老者的下落。他印象中见过这么个模样的人，但不知名姓。他打电话，要老馆长莫性急，找到老者，另一只鼓的下落，鼓的来历不就一清二楚了吗?

老馆长哪有不急，跟我倾诉，最近鼓声在他耳边越来越响，耳膜要炸裂，心里像无数树根缠绕一起，用力打出一个个死结，他常常在大汗淋漓中醒来，那声音凶猛地冲撞着五脏六腑，似乎是要炸一个出口，声音却又跑不出去，身体一阵阵剧烈地抽搐。

我安慰他这只是身体的幻觉。他说不是的，一定是没信守诺言，上天的惩罚。他告诉我曾经答应过送鼓的老者，一年之内完璧归赵，心里却犯了糊涂，一下就过了十多年。

老馆长如同面对牧师告解，唠唠叨叨，我的身上又有电流跑过，仿佛那莫名的震颤又传导到我身上来了。

千人长鼓的道具问题上有了争议，我坚持一个观点，借这个契机，按照老样式手工制作，一来长鼓可以长期使用，二来过若干年，它留下来就成了文化象征。

我知道经费会是个障碍，毕竟是千人长鼓，主办方又不想在数字上做假文章。没想到一圈讨论完也没个解决办法，张馆长豪气冲天，把县乡两级担心经费而反对的意见抛开，答应亲自去找赞助。

开完会，我借了赵乡长的私家车，载着盘修年跑了一趟东边大岭的龙尾盘王庙。我们出发了，盘老哥在会议室外听到了我们的讨论，问我，真能照老手艺样式制作长鼓?

张馆长有能量，她想做的事差不离。

你们真要下决心，我也参加一个，亲自来制作。

盘老哥动手，求之不得，还得辛苦您帮我们再找一些老伙计。

他兴高采烈，满口答应下来。半路上，他给我讲过去大瑶山的长鼓故事。年轻时节，到了十月盘王诞辰，各瑶族村寨都要派出长鼓队，举行赛鼓会，看哪个村的鼓做得最好，鼓声最洪亮，大瑶山旮旯角落的各村各户都听得到。有一次，山那边的村寨来比赛，他们是平地瑶，喜欢大鼓，抬来的大鼓长二米四，六对彩绳拉住两端，四人抬着，绳子中间用竹片绞住，松紧调节开关，可以调适鼓声，他们自制的沙包就是鼓槌。他们把大鼓吊在树上打，声音传开，整座山都有回声，但缺点是基本没动作，看的人就觉得有些枯燥。我们参赛的小鼓做得精巧，半米长，口径小，耍鼓的动作式样多，声音有节奏有韵味，两个人绕身而舞，可以斢鼓、围鼓、躲鼓，也可团鼓、悠鼓、转鼓，还有窜人身、十八响、起天纵地，这些动作加了些武术，打得虎虎生威，人家看得眼花缭乱，最后甘拜下风。

听说有一年你和朱老伙计打的桌上长鼓，把人家镇住了？

那次不是吹牛，我和朱老伙计打的是“五湖四海”。他们在桌上摆东西，中间米筒里插了香烛，四角放了鞭炮包封，这是考验真功夫，我俩贴着身体，像水中游鱼，打完下桌，上面东西纹丝未动。

我问他，舞蹈都与劳动生活有关，长鼓舞也一样吧？

是的，长鼓舞的内容有制鼓、造房、祭拜等，但它的传承还有一个原因。他说，瑶族是个有语言没文字的民族，长鼓传承的就是瑶族的文化，那些不能用文字记录的生活，先人就用长鼓的动作记录下来，一代传一代。你看那个造房的长鼓动作，先是选屋场地、砍毛草、量地基、挖地基、刮地、砍树、剥树皮、锯树、背树，接着是架木马、锯板子、砍方料、合方、凿榫槽、合榫头、放柱石、立柱头、串排架、升梁，最后是围篱笆、盖屋、压屋顶。没想到他的记性这么好，说起长鼓如数家珍，滔滔不绝。

我说，您真的是长鼓文化通，每个民族都有自己的历史，长鼓不传下去，断了历史也就断了根。

他不吭声了，望着窗外，很久才缓缓地说，小姚说得对，断了历史就断了根。这时，导航提示，我们要去的地方到了。

六

到了龙尾盘王庙，守着的却是道士。留山羊须的中年道士告知，我们要找的人原名叫盘财发，过去是庙里的帮工，住在庙里，但并没有真正出家，日子长了也学着蓄发留须，颇有几分道人模样。我问他人呢，他说他十来年前离庙而去，说是去广西北海投靠女儿，就再也没回来过，听说生了肝病，不被女儿待见，早就病死他乡。我问他是否知道盘财发曾经有一个长鼓。他说不知盘财发藏在哪儿，从未见过真容。我问他是否知道长鼓来历。他摇头说，你们不妨去找镇上的郑大炮问问。

龙尾村的老支书送我们出村，说盘财发是个苦命人，爷娘多病，家里格外穷，但那时候大家都穷，谁也帮不上谁。有多穷呢，老班子有个讲法是：一把锄头一把刀，一根火柴当火烧，一把小米到处撒，满山遍野得一挑。盘财发年轻的时候还当了两年民办老师，后来转正不知为什么没轮到他。三个崽女，大女儿送给了县里一对没有生育的夫妻，那夫妻后来搬到了广西北海，二儿子十来岁突然感冒染上肺炎没治好死了，满崽是刚出生就夭亡了，两婆佬认命，也安着心过日子，大概是十年前老婆得的胃癌走了。他一个人浪趟，后来就靠庙里当帮工混口饭吃，和郑大炮走动勤密。这两个人是一条藤上结的瓜，同病相怜。

长着一张小嘴的郑大炮，因年轻时说话语速快得名。年轻时妻子难产去世，家里又穷，孤家寡人的他酒醉迷糊，混账度日。后收一养子，原本想讨个老有所养的好，养子不孝，有钱就对他好，没钱丢一边不管。坏心坏运，养子几年前出车祸撞死在南沟的一棵五指头树上，郑大炮成了贫困五保户，政府供养住进了镇上的养老院。

知道什么是五指头树吗？人有五指，树有五根主枝，电视台做过宣传的。

郑大炮看完我手机中的长鼓照片，闭上眼睛做沉思状，过一会儿才肯定地说，这是盘财发的长鼓，他与我说过把鼓借人了。

你跟他联系多不？

有个啥联系，他人都死了。

你们没联系怎么知道他死了呢？

我几次做梦，梦到盘财发说他死在外面了，梦中托我办事，我一办好了，就再没梦到他。

盘修年凑近我耳旁，别听他胡诌这些鬼画桃符的东西。又转身问他，你们是好朋友，他有只长鼓，什么来历，你听盘财发说过吗？

老一辈的都该知道这件事。

我催他赶紧说一说。他说，当年，省城长沙来了一个三十多岁的“右派”分子，叫胡知勤，能弹会唱，能写会画。村支书是个开明人，看他忠厚老实，干事勤快，正巧村小没老师，就冒着风险让他给孩子们上课。听说胡知勤是拿了一块上海手表和他半年的工资，从所城一户人家买回来一只老鼓。他那时在盘财发家吃搭伙饭，也教他写字算术，两人无事就在屋坪搬出长鼓比画动作。后来胡知勤感染风寒，拉了好几天痞疾，吃了不少土方子，结果没扛住，人一病死，乡上就通知家属拉回去火化了。便宜了盘财发这家伙，认得几个字会算几道题，村里就让他接胡知勤的手，当了两年村小老师。当时没有人惦记这只长鼓，后来盘财发有一天喝多酒，伤心伤意掉了几滴眼泪，说胡知勤托他保管长鼓，却不敢拿出来打，怕睹物思人。

确定是只有一只长鼓吗？

长鼓成双，但盘财发手上只有一只，胡知勤留给他的也只可能是一只。

有照片吗？

无亲无故，过去几十年了，哪里有照片。他不耐烦了，都是命中注定的，吃饱肚子管活命，一只长鼓没人管哪里来的哪里去了，现在连长鼓都没人打了。

如果真是这样，长鼓就是这个来历了，胡知勤从所城购来，临死前交到盘财发手上，盘财发生活艰难想找人卖又内心矛盾，遗物为什么没交给胡家人？答应借给老馆长怎么没回去取，投奔女儿寄人篱下却又病亡。长鼓又是所城哪户人家的？我脑子飞快转动着这些疑问。

我又问隔壁几个老人，他们捂着牙齿掉光的嘴，异口同声说，信神信鬼，莫信郑大炮这个酒迷糊。

盘老哥无奈地笑，去所城，我找老相识打听，宁可信其有，不可信其无。

我在电话中向老馆长报告郑大炮的说法，他与盘修年心有灵犀，也说宁信其有不信其无，去了所城，问不问得到，也就死了这条心。

我到过一次所城，地处大瑶山东南端，搭着广东地界，过去是个商贾热闹地。历史上是明洪武二十九年建城，周有方形城墙，全长约两公里，现在仅剩东南门楼和四角炮楼，民国时设置村制。所城原有两张门进出，东门叫喜门，凡婚嫁红喜事由此入，南门为延薰门，丧葬之事经此出。老一辈的回忆，城墙上能跑马射箭，还设有专人守卫射击的枪眼，城内正街是一条石板街，还有几条横平竖直的卵石砌成的小街。西南角的火神庙坍了一半，后来村里每家户凑钱重修了一个，庙前有一古戏台，庙旁有一深井和一常年水满以防火患的池塘。

所城最善经商的大户人家姓封，开了很多家商铺，占了很多田地。有个说法，封家人刚来所城，占了冯河上的坝洞，与瑶民引发官司，封家请来一位天师，玩弄法术呼风唤雨，连着周边的袁家山、父子岭都一并占了，瑶民吃了大亏。封家的霸道不讨所城人喜欢，后来年月里钱财散了不少，但日子也还小富即安。前些年不知是到了封家哪一代后人娶媳妇，请了戏班和长鼓舞表演，盘老哥还很年轻，过来挣过喜钱，认得这里不少老户。

他带我去找早年认识的易姓老哥，是个琴师，当过村里学祁剧的儿科班的班头。易家祖上是从江西宜春迁来的兄弟俩，一人住在城外河口往上几里路的鸡蛋岭，岭上土地开阔，依山傍水，开塘养鱼，种植果树。一人进所城，城内的易家有后人当过民国初年的县粮食科长，有一年山洪暴发多亏他开仓济民，众人从此念及易家的好。盘老哥说，易家人聪明，有曲艺天赋，吹拉弹唱，琴师鼓师曾经占了永城的大半个舞台。

找到易家琴师，已近傍晚。这个长得肥胖矮矬的光头佬坐在自家门口，看着落日晚霞，中气十足地哼着小曲。老友相见，自是格外欣喜。听说要打听所城的事，易家琴师拍着圆溜溜的光头，说所城十一个村民小组一千五百号人，除了没有发生的，没有不知道的事。我递过手机中的长鼓照片，他却摸着下巴上几根稀疏的胡子，左看右看，摇头摆手不吭声。盘老哥着急了，说牛皮吹破了吧！

易家琴师从裤兜摸出一个唢呐哨子，往嘴边一吹，哨音柔细婉转，这是山中桐子树上一种昆虫壳加工制作的。吹毕，他又朝屋里天井喊，撮巴子，出来喽！

从隔壁屋里急匆匆走出来一个穿着拳师服的男子，五十开外的年纪，人瘦，走路却虎虎生风。他凸着眼，冲易家琴师说，喊什么喊，日头没落完，饭才刚入口，就着急去见老相好孙二娘。

每天晚饭后，村里一群男女老少，要聚在一起弹唱娱乐，固定的夜间文化生活。孙二娘大概是里面的一个女性，乡下男子说话不带荤不习惯。

易家琴师说，别瞎说八道，来看看，你说过我们所城有一只长鼓王的，是不是这个？

凸眼男子撇嘴，看都不看，说哪还有什么长鼓王，“破四旧”那个时节早就都烧没了。我把手机给他，他定睛细看一阵，眼珠又慢慢往外凸，几乎要挤出眼眶，原本很宽的眉间距拉得更远了。

这只长鼓没见过，但又有点眼熟。

这是个什么话，你不正经点说话会死呀。易家琴师骂道。

凸眼男子笑，我口无遮拦，想到什么说什么。

那你说到底见过没有？

没见过，但是我小时候听封家博共（曾祖父）说过一只长鼓的故事，你们听不听。

有屁快放，少卖关子。易家琴师作势要上前掐打。

盘修年挡在两人中间，凸眼男子吐舌头扮了个鬼脸。有一年闹饥荒，东边大岭的一户瑶民，找到所城封家当铺，典当了一只鼓，说是长鼓王，然后拿钱买了粮食，度了饥荒，救了一村人的命。过了赎期也不见人来，封家就派人去催问，可人家刚活过命来，哪有钱赎回鼓。后来是一个外乡人，二话不说赎走了。据说陌生的外乡人是江西贩卖药材的大商人，年轻时到这里找药材摔下山崖被瑶民救过，知恩图报，就把瑶家的东西赎回还给他们了。长鼓王到底是在哪一户家收藏，也没个准。到了“破四旧”那个时候，大瑶山很多旧物被扒出来毁坏烧光，另一个村的人起哄，到龙尾找这只长鼓没找到，把几个被怀疑的村民拉出来批斗，但最终不了了之。有人说，鼓被主人提前转移埋地下了，后来遭虫噬鼠咬毁了，早没有了。也有人说，鼓被送到山外的人藏起来，几经转手，被一海外华侨出高价钱买走了，卖的是美金哩。

凸眼男子绘声绘色，我听得云山雾罩。

盘修年说，东扯葫芦西扯瓢，听了半天你给我们瞎编一故事。

怎么是瞎编？凸眼男子嘴里不服。

我问，龙尾那边下放来的“右派”胡知勤，在所城买过一只老鼓？

易家琴师说，有这回事，但他买的与撮巴子说的不是同一只鼓。那时所城的长鼓艺人多，家家都有祖传的长鼓，有好有坏，有年头久也有日子短的，胡知勤买的是姓袁的家户的，后来举家搬走了。他长得精精瘦瘦，戴副眼镜，斯斯文文，文化人嘛，不像我们这些跑江湖的，那时候村里的女娃都喜欢他。他当时在这里教了一阵子的课，晚上跟袁家户拜师学长鼓，也有说鼓是袁家户女娃送给他的定情物。

盘修年扑哧一笑，抖身站起，还有别人更清楚这些来历不?

易家琴师一本正经，在所城连我和撮巴子也说不准的事，怕是人家连风都摸不着。

七

寻找长鼓来历的事搁浅了。我和盘老哥返回的路上，电话里详细与老馆长讲了一遍。他听完这些情况后，不再纠结鼓的来历，另一只鼓的下落。他沉默了片刻说，大瑶山出来的长鼓，大瑶山就是它的来历。他允诺在盘王节前夕，亲自把长鼓送过来，让它陪伴盘修年一起演出。

甘副调在文化战线人脉广，回去后四处张罗，就给乡里村上发来了十套文体健身器材，一千多册图书，以及团市委配套希望学校建设的两百套新课桌椅。那几天，乡上村里车来车往，黄旺生把村里的青壮劳动力叫过来，清理搬送，安装器材。

小湛从电视台申请调拨了一套户外灯光和广播设备。河南姑娘心细，主动派车送来了安装人员。这是我和老叶商量过的，要让老村部前坪的文化舞台亮起来、村里的广播响起来，有灯光有声音，妇女们跳个广场舞，盘老哥、冯茂山今后教教年轻人学习长鼓舞。安装人员固定机位，牵线调试，忙碌大半天，直到傍晚时分，灯光接通，六盏大灯分别从舞台和老村部房子四角同时亮起，石喊坪的夜晚变成了白天。有一盏追光灯，射出一道圆柱光，像孙大圣抡起顶天立地的金箍棒。过来帮忙的盘修年摇着灯，乐呵呵的。围观的一圈妇女孩子看到光从坡下的新村部、锦灿家等村户的屋顶上掠过，光朝向天空，整座西边大岭像突然拉开幕布的大舞台，崇山峻岭、茂林密草处，银光闪闪，十数只飞鸟从光圈中掠过，发出一声声清越的鸣叫。

广播线路也连通了，老叶兴奋地比画，把音响话筒打开，清清嗓门喊，喂喂，下面，石喊坪斗巴子演出正式架场。四面八方都有了声音，村民都鼓掌欢笑起来。

黄旺生高兴得不停搓手，凑到我身旁说，灯光设备太高级了，会很耗电吧。

老叶听到了，哈哈大笑，早料到黄书记是个小气婆，已经帮你们跟乡上打好了商量，每年拨两万块钱，专用于村里开展文化活动的电费报销。

盘修年取过黄旺生手中的烟盒，书记你看，电灯电费都安排好了，以后村里堂客们跳个广场舞、后生子搞个长鼓培训，可不能小气，让人摸着漆黑跳啊。

他去给安装师傅敬烟，黄旺生拧转身体冲他喊，老盘啊，只要你把村里的长鼓舞队组织起来，多给我们培养几个长鼓舞传承人，跳多少个通宵，电费的问题都莫操心，乡上不出我自个掏荷包。

坪上村民又都哈哈大笑起来。我们才发现，村里在家的人听到广播里播放的歌曲，都循声而来，几个平常跳舞的中年女人领头边哼着拍子边甩手踢腿地跳起来。

长鼓制作所需要的资金有了下文。东、西大岭几个乡镇摸过底后，新鼓缺口有六百个左右。张馆长回了一趟永城，找管文化的宣传部长、副市长分别批了十万元，去见文化局长汇报工作，局长两手一摊，无奈地说，年初扶贫资金就批下去了，另想办法。张馆长把她几个企业界朋友张罗在一起吃了顿饭，甘副调被请去陪酒，一唱一和，不知使了什么迷魂药，六十万元几个企业家当场众筹到位。那夜，把甘副调这个老酒桶喝醉了。老叶后来追问赞助始末，甘副调笑而不语，一个劲地说，邀请了他们开幕式过来，到时叶主任灌倒他们，给我报仇雪恨。叶主任拍得胸口噗噗响，他们要是也能给我们编志出书赞助，红白啤一起上。

最大的问题解决了，好消息传来，我第一时间告诉盘修年，他兴奋得像个孩子，一跃而起，大喊哦耶。没想到这个固执的老头也这么可爱。我后悔没带着相机抢拍下这个精彩瞬间。

张馆长早和他沟通好长鼓的制作方案，由我和老叶联系木材供应商，他出面邀请手上功夫好的木匠手艺人。那几天，没事我就往盘修年家跑，打电话、改图纸、排时间表。自从跑过一趟东边大岭后，盘修年像变了个人，精气神格外振奋，为了制作长鼓的事，没少熬夜，越夜越有精神。我劝他要吝啬着身体用，凡事自然有个过程。他当耳边风，怕得老虎喂不得猪，年纪越大睡眠越少，不抓紧时间，怕耽误大事。

没过几天，老村部就清理腾空，前坪堆满了空桐木、杉木和黄牛皮。被委任为制鼓管事的盘修年干活有章法，采用流水作业，分工序先把人员选定。村里的广播一会儿就响了，找人找物，他打开喊几声，不出一刻钟，人和物都送到了眼前。他指挥两个乡上的木匠搬来两台切割机，根据图纸设计，把木头锯成一根根直径十五厘米、长八十厘米的木料，又让人用刨子刨成长鼓模子。蒙鼓的生牛皮要用石灰、硫黄、芒硝制成的药水泡三天，如果自然晒干需经一两个月，黄旺生去借来烘干机，挂在通风的屋子里二十四小时烘吹。黄牛皮干透后，妇女主任葛丽英带着几个能干的妇女，用刀把上面的毛刮干净，裁剪成一块块四四方方、七寸大小的鼓皮。

那几天太阳好，木模子一晒，村里到处飘着一股木头的芬芳。村里的老人说，这是石喊坪这些年来最迷人的气息，像是又回到了光屁股娃的小时候。锦灿找到我，想拜盘老哥为师。我说，这是大好事呀，近水楼台先得月，盘老哥正想收几个关门弟子哩。

要蒙鼓皮了，盘修年叫人用水发泡牛皮，先剪开皮子，泡绵半日，再蒙上木模两端。以前蒙皮子用的是竹钉，他改用圆头铜钉，细铁锤把钉子敲进去，三排铜钉先钉中间再钉上下，由下向上密集成正三角形状。最后一道工序是上桐油，他撸起袖子亲自示范，油漆刷子上油，鼓身、牛皮上都要刷，上了桐油虫不咬，鼓也不容易坏。

盘修年操起一只新鼓给我们演示长鼓舞中的制鼓动作，砍树、背树、锯树、刨树、挖鼓心、扎鼓、试鼓、听鼓。

我说，这是舞蹈，也是文字。

老叶不明白，长鼓舞怎么变成了文字?

我和盘老哥相望一笑。

桐油干透，盘修年请来几位油漆手艺好的师傅，给鼓身绘上龙凤花纹，涂上红黄两色，再给两头扎上一圈金丝绦，各系四只小铃铛，轻轻摇拨，或清风吹过，叮当作响。

那些日子，石喊坪的四角八落都能听到悦耳的铃铛声。

从永城回来，张馆长就一心扑到了节目排练组织上，她对大型演出活动的调度经验丰富，临时设立的办公室墙上贴着进度表，醒目位置是开幕式长鼓舞祭祀表演的时间安排。

四乡八里会打长鼓的人都已登记在册，分乡训练，集中彩排。盘修年、易家琴师、冯茂山集中开过一次会后，被委任为演出的骨干成员。张馆长富有煽动性的演讲，让这些长鼓艺人摩拳擦掌。盘修年劲头十足，白天在长鼓制作现场忙碌，晚上就当起了长鼓舞培训班的教练。他们出面动员，本乡、周边和在外地的一些长鼓艺人都聚拢起来。锦灿拍了几个长鼓舞抖音视频发到网上和微信群里，点击过万，他又通过乡上县里的政务微信公众号发出邀约，不少年轻人的积极性高涨，争着报名参加训练学习。

张馆长来探班，看到盘修年跳上蹦下手把手指导示范，甚是感动，老哥别太劳累，身体细摸着用，您是长鼓王，主角不能有任何闪失。

这段日子，我发现盘修年只要打起鼓就变了一个人，浑身有力，身体里像住着一只长鼓。他停下动作示范，说，我彻底想通了，这把老骨头，为长鼓传下去站好最后一班岗，死了也值得。

您还要带着冯茂山、锦灿这些小辈打下去的。

是嘞，当年朱老伙计大我一截，选了我搭档，瑶山长鼓就是一代代传的。他笑眯眯地望着我，小姚说过，我们把长鼓舞传下去，就是传承瑶人历史。

张馆长点头，叶主任是写史志的，他回头就要给您写上一笔。

盘老哥摆着手，不说话，眼泪却珠子般地掉下来。我眼疾手快，职业性按下快门，没想到这张特写日后竟成了摄影展上的主打图片。

这段日子老叶趁我四处拍照，悄悄当了一回“红娘”。他果真把市旅建投的朋友请过来，朋友又带了一位搞旅游开发的老板，人家对那个盘王洞挺感兴趣，说要好好规划一下旅游线路，让外地人过来不单是看一个洞，还要把大瑶山的林海、泉浴、民宿、长鼓表演和移民新镇的特色民俗街游购娱等元素都串成一条旅游观光线。虽然刚谈了个初步意向，八字没写一撇，但黄旺生万分开心，整天向村民传播这个好消息。我怂恿他多多恭维老叶，争取说服老叶留下来当个驻村扶贫干部，要是真能留下来，凭他的活络脑子，不出三年，石喊坪又会大变模样。

我的摄影展也提上议事日程，电脑中的片子排看一次后，连我自己都惊呆了，三个多月里我到西边大岭的瑶山人家走访拍摄，没想到拍了这么多好片子。删删选选，终于确定了影展就以盘老哥和冯茂山两位长鼓艺人的影像为主体，从长鼓的制作、打鼓训练到表演，由物及人，全景展示，背景就是大瑶山的青山绿水。老馆长看我传回去的一些样片，深夜给我打电话，说你这小子下去有收获啊，这次影展名字就改为“美美与共”吧。我问意蕴何在？他说，民族民俗之美，地域人心之美，扶贫脱贫的变化之美，各美其美，又美美与共。

老馆长的肯定让我特别开心，结束通话，我给他的微信发去一张新片子：雨后放晴，大瑶山像一个发光体，里外透出翡青的光。

八

盘王节开幕前一天，赵乡长来个电话，心急火燎地把我和老叶叫去。他办公室里坐着一位西装革履的外乡人，五十开外的年纪，戴副眼镜，斯斯文文，香港的一位地产商人，叫胡常实。

胡常实说，快半个世纪前，父亲胡知勤被打成“右派”下放到大瑶山，后来染病离世，那时他才五岁，懵懂不知，有关父亲的记忆稀薄。父亲喜欢音乐舞蹈，寄回家一张打长鼓的黑白照片，母亲离世后把照片交给他保存至今。这些年，他香港内地两边跑，但没有来过湘南。这次返乡，是想了却两个心愿，如果有机会，投资一个文化旅游项目，为大瑶山做些贡献，然后就是到父亲曾经生活过的地方走访，找个有山水的地方立块墓碑。他把照片从钱包夹里小心翼翼地取出，我一眼就认出来，照片上长鼓的造型式样，和老馆长收藏的那只长鼓一模一样。

我问他，如果这鼓还在世间，又是老父亲的遗物，会不会想收回去？

他很惊讶，经历这么长久的年代岁月，这只鼓真的还在吗？

我把前不久与盘修年去东边大岭寻访的情况，长鼓与他父亲的故事告诉了他。我说，下午您就能见到那只长鼓了，我的老师是位长鼓文化研究者，保藏了这只长鼓，他一直想把长鼓送回来，存放在即将建起来的大瑶山博物馆里。

他非常激动地扬着手中照片，这个想法太好了，鼓在瑶山才有灵气，父亲也一定是这样的愿望。到时能否请姚老师帮个忙？

您请讲。

帮我和长鼓合张影，我要把这两张照片带在身边，传给我的孩子们。

老叶插嘴说，没问题，姚老师是我们永城超级棒的摄影家，举手之劳。

我做了一个按快门的动作，大家都开心地笑起来。

老馆长来到移民新镇的时候，盘修年着瑶装，我与胡常实等人迎候在路口。老馆长颤颤巍巍把背包打开，取出长鼓，盘修年和胡常实双手接过，四周响起一阵经久不息的掌声。

盘修年手举长鼓，长长的百名长鼓艺人队伍，齐声喊道：长鼓出瑶山，回家祭盘王，风调雨顺，国泰民安！

我举起相机，聚焦一张张激动兴奋的脸。镜头掠过老叶时，他像个孩子般哧哧地笑着，不时拿手擦眼角的泪。这家伙脑筋转速快，就在中午陪胡常实吃饭的空当，凭借三寸不烂之舌，把盘王洞的旅游项目“兜售”给了这位正想来此投资的商人。胡常实满口答应，不管是单独出资还是合作开发，都愿意为大瑶山做点实实在在的事情。

胡常实与老馆长见面，鞠躬致谢。老馆长已经听我说了突然出现的这个小插曲。他身抖声颤，慢吞吞地说，物归原主，如果想带走长鼓，我能理解。

胡常实恭敬地说，不用了，鼓留在瑶山，我想这就是父亲的遗愿，谢谢您这些年用心保藏着它。

老馆长扭过头，眼泪唰地落了下来。后来他告诉我，那天来的路上奇怪得很，长鼓嗡嗡叮叮，在身体里响个不停，特别是一进大瑶山，响动越来越大，整座山变成了传说中的那只扶摇神犬，密林收缩为皮毛，蜿蜒道路回归斑斓纹路，东西两座峰岭变成炯炯双目。它发出一声似从地底下迸涌出来的鸣啸，仿佛就要立身疾奔。隔了很久，终于周遭悄无声息，世界安静下来。他坐在副驾驶上闭目养神，一睁开眼，又似乎看见车从那个白发老者身旁擦肩而过，老头微笑着，不紧不慢地跟在车后，目送长鼓回到大瑶山。

他说，其实，传说是我虚构的；其实，每次进山我都会觉得大瑶山要奔跑起来。

大瑶山从来没有这般热闹过。人来车往，如同一只只归巢飞鸟，隐入青山怀抱。

开幕式那天一大早，广场东侧，有人往垒好的火塘肚子里点燃一棵大枫树，这把火要烧到全天活动结束。传说中枫树是蚩尤战败被黄帝所杀后化身，祭祀时烧枫树纪念，也是求得平安护佑。仪式开始前，是杀猪祭神，祈求五谷丰收。不知谁家中养的一头大花猪被赶出来了，一群人热闹地围观，猪嗷嗷叫，人群中也发出哈哈大笑。一旁的“大吹大打”伴奏，由两支唢呐、大团锣、大鼓、大钹和碗锣等打击乐器组成，指挥者一声令下，奏出的声响气势如虹，现场顿时变得热烈隆重起来。

祭祀盘王的仪式紧接着正式开始了。嘉宾客商，乡友乡民坐在广场的大舞台前，观瞻瑶民崇拜先祖仪式的复活。舞台设有祭坛，挂着彩绘的盘王神像，红蓝绿黄黑五色瑶人旗在风中舒展。祭坛上摆放了三牲，燃烧着香烛，十二声地雷公炮响过，祭祀的四位师公主角登台，分别是还愿师、诏禾师、赏兵师和五谷师。盘修年担纲还愿师，他穿戴整齐，满脸肃穆，眉目间神采奕奕，郑重其事地完成每一个动作。舞台两侧站着歌娘、歌师、长鼓艺人和唢呐艺人以及六位童男童女和厨官厨娘。仪式从请神、拜神开始，到乐神、送神结束，显得神秘而庄重。

备受期待的长鼓舞表演了，领舞的盘修年神情专注，看到台下数不清的身影，他愈加充满激情。伴随着一阵激越的音乐，他捧着香炉水碗，请出老馆长带回来的长鼓。四乡八里，已经传说着它的故事，它已经成为大瑶山的长鼓王。

音乐停止，四下沉寂，隐隐有细微的鼓鸣从天而降，灌注耳中。鼓身闪光发亮，瑶装上身，盘修年像是回到青壮年时代，在高台上一跃而起，长鼓跟着身体缠绕而舞，拧转自如，与他搭档的冯茂山也身形矫健，屈膝有力。易家琴师、撮巴子、锦灿等人站立方阵前列，齐声颂唱："子孙打起瑶山鼓，鼓声呼呼震山冈。鼓声不停歌不停，世代传唱盘瓠王。"

舞台和广场上的千名长鼓舞者，手持绘有龙凤花纹、配饰四只小铃铛的长鼓，跟着长鼓王的舞动而一起跳跃，他们的动作整齐，矫健粗犷，又显灵巧活泼。四面青山远远回荡着语喧声响，鸟群从空中鸣叫飞掠而过，东边日出彩云缠绕。我压抑不住澎湃的心潮，连续按下快门，这一时刻我没有理由错过。

观众席前排，老馆长热泪盈眶，身体却纹丝不动，安静地坐在轮椅上，脸上神色自若，辗然而笑。他平日抖颤的帕金森症状莫名其妙地消失了。我走过他身旁，他扯住我的衣袖，指着远处细声地说：

那段山岭像什么？像不像横卧的一只长鼓。

我身体半蹲，朝他注视的远方望去，峰岩耸立，与长鼓形貌失之千里。但我拼命点头说，真是一只长鼓卧成了大瑶山！

空　山

天澄云碧，风吹空山，我深深吸纳一口，然后嘶声大喊，仿佛要把胸中的虚无喊出来。有一道亮光像是从天而降，照映着山、路、林、屋舍，一切变得透明，如同魔术师扯去遮住的红布，大山到处都长满毛茸茸的光芒。

一

易地扶贫搬迁动员会是在乡政府食堂召开的。

很多人是第一次参加这样边吃边开的会。到会的扶贫队长、村支书和村民代表坐了六满桌，脸上笑嘻嘻的，跟过节似的。厨灶间热气腾腾，陈劭东站在餐桌前讲话，声音洪亮，每个字都像是刚扒出火灰堆的山芋，烫手。

“安置点装修在扫尾，下月上旬，最好是本月底，山上的贫困户都搬新家！”他反复强调时间表，只能提前不能推后，这事他比谁都急，还有两个月，省里就要来考核验收，眼下脱贫攻坚是全县中心工作的中心，陈劭东这位乡党委书记，码市乡第一责任人，绝不允许关键节点掉链子。

陆续传菜上菜，原先的鸦雀无声开始松动，有人咽口水打饿嗝，或者小声点评菜品菜色。食堂的厨师是全乡办红白喜事的老厨子师傅，到县里最豪华的酒店当过大掌勺。他们很久没尝过他的手艺了。这两年提倡移风易俗，年轻人外出务工，很多的酒宴不办了，老师傅就被请进了食堂。一日三餐，平时吃工作餐的乡干部冲破顶就摆两桌，老师傅好不容易逮住这个大显身手的机会，忙乎了一通宵。

饭点到了，该动筷子但没人动，在等请客的人把话讲完，这是礼貌也是礼节。陈劭东在问："各位还有什么特殊的困难么？"

无人回应，他又问了一次，石喊坪的黄旺生站起来："陈书记呀，两个问题，碰到搬不动的钉子户怎么办？"说完他就坐下了，陈劭东盯着他，等他的第二个问题。

"没有了。"他又站起来，大家哄堂大笑。

按理说，易地搬迁是精准扶贫的好政策，按人头二十五平方米建房，面积有大有小，每户都只出一万元，一般是搬到集镇附近的安置点新居。此前县里花了大量人力摸底排查，对搬迁对象也有好几项明确要求，要求现居地是深山、石山、边远、高寒、荒漠地区，交通、水利、电力、教育、医疗、卫生服务薄弱，用一句通俗易懂的话说，就是“一方水土养不起一方人”地区的贫困户。

石喊坪村人多地少，多数散居山上，前年修了条公路上去，豆腐盘了肉价钱，出行看似便捷了点，但资源捆缚手脚，集体经济上不来，村民生活难有大改善。外人眼中，政府安置，从山上搬下来是件好事，求之不得，何况事先还有繁杂的资格审查、逐层评议等各项程序，入了名单也都是本人签字承诺过，黄旺生说的钉子户应该是不存在的。

有人交头接耳问到底是怎么回事，少数几个明白缘故的干部，知道黄旺生是踢皮球，给自己留后手。

手机响了，我走到食堂廊道上接电话，回头看了一眼陈劭东，他憋着张寡沉的脸，之前的兴奋不见了，游离着憔悴和躁动。

电话是山上的彭老招打来的，齉声齉气，我使劲把手机贴在耳孔。他问我：“有没有彭小亮的消息？”我说：“老爹，已经在找了，等一等不慌急。”彭老招没有像以前那样发脾气，而是低沉哀求地说：“田乡长，快帮我找到彭小亮吧，我要死了，死了也闭不上眼啊。”我说：“老爹，是不是身体不舒服，让村医去看看你吧，万一不行，就接到乡卫生院来？”他继续说着找儿子的事，最后用赌气的口吻威胁："我不下山，不搬家，哪里的医院也治不好，就死在老屋里好了。"

山上的通信基站说全覆盖，信号其实差得很，电话蹿进嗞嗞嘈杂后就哑了。我再打过去，始终接不通。彭老招就是黄旺生说的钉子户，女儿死了，儿子失踪了，病痛缠身，靠点养老金和山林补贴生活。我决定，下午亲自去一趟彭老招家当面安抚。

走回食堂，听到陈劭东陡然提高八度，做最后的总结："易地搬迁是全县脱贫摘帽的头号工程，没搬好，就是脱贫帮扶不到位，就是我们党的承诺没兑现。在座每个人都是党员干部，是县委县政府、乡党委政府的代言人，不仅要按时间搬迁到位，还要确保安全，安全底线谁都不能破，真正确保贫困户开开心心，到时我再请诸位吃庆功宴。"话音落下，掌声稀拉，大家迫不及待地举箸夹菜。

吃饭不喝酒，饭就吃得快。下午大家要各自回村落实具体工作，有的三嚼五吞嘴巴油一抹屁股一拍吃完就走人。我瞅着邻桌黄旺生放下筷子，就踅到陈劭东耳边说了彭老招打电话的事。他站起身，把黄旺生叫到一边，说："老黄，我们商量个事。"

听我复述完彭老招的电话内容，黄旺生指了指自己脑袋说："彭老倌这里有问题，犟得很！村里拿他没办法，还是要请你们多做做思想工作。"

陈劭东垮下脸："什么事都依靠我们，那要你们村干部摆造型呀。"

黄旺生不示弱："他满世界找儿子，我有什么办法，还不是要靠县里乡上出面。"

我插嘴道："不是没找，我正催着公安那边。跑了几年没点音讯，不是喊找就找得到的。"

陈劭东突然像吃了枪药，说："一句话，他的思想工作做不通，真要出了问题，谁都吃不了兜着走！"

"陈书记，话不要讲太硬，谁不想把好事办好。我一个小萝卜头，今天喊不干，明天就走了人。"这个退伍老兵受不了委屈，也火气冲冲的。

"我们别误解了陈书记的意思，彭老招本身有实际困难，心结打不开可以理解，我们多做做工作。"我看到气氛不对，出来打圆场，"人心都是肉长的，别的方面多关心，他真感动了，也就不会犟了。"

"省里来的干部到底水平高，会说话，不像我们这些大老粗张嘴就不会拐弯，硬邦邦的。"黄旺生自嘲，然后迈出食堂，向大坪停车处走去。陈劭东摇头苦笑，继续回桌上扒他那碗刚吃了一半的饭。我跟在后面追出去，想跟黄旺生再聊几句，他当没看见，头也不回，发动摩托，加油门上坡，排气管冒出一股刺鼻的油烟，扭身就杀出了乡政府大院。

二

一个月前，我回到家乡永城，挂了码市副乡长的虚职。有的地方离开后就再没打算回去的，奈何上天突然拎你出来，又遣回那个来处重新走一遭。省报的田记者摇身变成了田乡长。有人在背后亲热巴巴地打招呼。田乡长！起初我没适应过来，当作喊的别人，头都不回，意识到喊的自己时，人家转身走老远了。人生又多了一个误会。

宣传系统选派省直新闻单位编辑、记者挂职锻炼，搞过好几届了，每次选一个县蹲点，为期三个月。报社领导找我谈话，说这次去你的家乡，有没有想法。

照我的想法，从山里出来的，更愿意去一个湖区或是经济发达的地方，又要回去，心中并不乐意，但我刚在新闻战线杂志上发表了一篇文章，一个核心观点就是说新闻记者增强脚力、脑力、眼力、笔力，就要像“爬山虎”，既不断向上攀登，也要亲近脚下土地，多下基层“走转改”。文章给我戴了顶高帽子，让我颇有些骑墙难下。我心里更清楚领导的脾性，名义上征求意见，实际上就已是不容推脱。去年新班子调整后，人事改革刚完成，萝卜和坑都配好了，年纪大的老资历要坐镇版面也不愿折腾，年轻记者一线任务重，加之有的刚成家拖儿带女也走不开，我这种年过不惑，工作经历够资格，又是不受重用的文化版记者就成了首当其冲的人选。

事实上我也没那么不情愿，甚至觉得能脱离报社三个月何尝不是件好事。我十五岁从永城考到市里读师范，后来保送师大到了省城，出来后就回去很少了，在县城中学当老师的父母退休后跟着我住到省城，老家亲戚原本不多，也悉数离开到了市里或是南方。去看看家乡的变化，采写几篇鲜活生动的扶贫稿子，这是领导的期许，也是党报记者的职业使命，不失为一件有意义的事。但我骨子里，这些年偶尔的返回，以及听闻农村种种变化，沉寂与衰落，“回不去的故乡”像个紧箍咒，翻来覆去就有了怯意。

有次北上广回来几个朋友在省城相聚，各有成就，衣冠楚楚，席间说起农村种种现象，有人对农民劣根性大加鞭挞，有人感慨时代造化，贫富悬殊拉开新一轮城乡差距，也有人叹惋教育资源的不平衡，贫困地区的农家子弟如今考上名牌高校几乎比登天还难。一场聚会变成了反思，几杯酒下去，以大城市人自居的语气傲慢者被人讥讽揶揄，你们往上数三代，哪位不是从农村出来？城市文明若不能反哺乡村，这样的畸形发展于一个国家又有何益处可谈？众人醉言互怼，吵得斯文扫地，闹得不欢而散。

在永城停了一夜，晚饭后离见面会还有时间，我就去老街23号院走了走。离得不远，出宾馆步行十分钟。我在23号院出生、长大，考学出去后，家也搬离这里去了城东新区。院里有五幢六层小楼，原是教育供销系统的家属房，当年算建得早的小区，独门独户，名声在外，现在是灰墙破路，窄道狭梯，明日黄花，残年衰落。

院子隔条大马路的南门市场，是县城最繁华的大市场，也最嘈杂混居。百货南杂批发一条长街，没有买不到的东西。前几年建了新市场，但人们仍喜欢来这里，几经整饬，街面比过去整洁，店铺门头也收拾得美观多了。县第三小学就藏在街里面，多年一直说搬却没搬，入读的多是政府公务员子弟和商贩子弟。到了这个点，校门就被流动摊贩挤占，只剩一条窄窄的过道。我站在铁栅门外张望，教学楼格局依旧，教师旧宿舍翻盖了新楼，扎眼的是修了条绛红色塑胶跑道。门卫老头手持长扫帚走过来，用疑窦的目光问我，是找人吗？我心头一凛，找人？我曾经认识的人已经不在这里了。我摇摇头，说随便看看。他嘟囔一句，有什么好看的，然后掉身走了，画大字般地继续清扫着门口的草坪。

县里高度重视这次挂职锻炼，主要领导都出席了见面会。走进会场我就看到了曾经的初中语文老师王海平，印象中他古文功底好，《离骚》《论语》出口成诵，鲁迅的经典辞章也是信手拈来，我们好多同学选读文科多与他的言传身教不无关系。他为人处世严谨务实，也懂得内外方圆，没听说有什么背景，送完我们这一届，就调到了教育局办公室，后来又到县委办写材料，转到乡镇干了几年又回到教育局任职，现在是管文教卫的副县长。我们联系虽少，但有这个渊源，比常人要亲近许多。他紧紧握住了我的手，热络地说，欢迎大记者回家啊，多为家乡发展献计出策、添砖加瓦！

见面会有个议程是挂职代表发言，原先定的领队和最年轻的省电视台记者。带队的宣传部新闻处干部说话刻板，重申的是老一套，即：每位编辑记者下乡的工作职责，对所在乡镇的每个村走访一遍，做好一次接访工作，联系一户困难户，组织或参加一次集中采访，撰写一篇体会文章，也要列席乡镇有关工作会议，协助做好当地突发事件的新闻应急和信息专报工作。省台记者是学播音的，字正腔圆，表态铿锵有力，向基层干部取经，吃苦耐劳，身体力行，帮助群众解难题、支实招、见成效。整个会议室都被她的表态声波震得嗡嗡响。

会议原本可以终了，主持会议的王海平说再请省报来的田自力同志说几句。理由有二：我是他教过的永城学生中的佼佼者，又是省里的资深记者，见多识广，对家乡这些年的变迁发展，必然深有感触。

临时发言，推脱不得，我又不习惯场面上那套话语，脑子里一紧张，仿佛一片空洞，脱口而出的却是鲁迅《故乡》的开头："我冒着严寒，回到相隔二千余里，别了二十余年的故乡去。"我说，许多走出去的人，都会怀有鲁迅这般对故乡、对乡村的审视和剔骨见血般的热爱，因为故乡是我们的出生之地，是母亲流血之地，也是埋葬祖先之地，无论何时何地，受挫困苦，我们的故乡，我们的乡村，永远是游子的身体、心灵可以停驻的地方，也是重树信心再出发的地方。我说到乡村的当下处境，乡村一直是中国社会的一个巨大投影，我们可以看到生活最基本的伦理、秩序、情感和精神，如何回望、建设乡村，归根到底不能只站在一个维度之上，而要深层次地掘进。

天啦，我怎么了，由着个人的认知，慌不择言，居然还说出"掘进"这样的词。我把那些赞誉家乡变化的溢美之词，把要为脱贫攻坚挖掘典型，浓墨重彩书写中国梦、永城故事的话全忘在了脑后。话说完，掌声雷动，这让我颇感意外，心跳得更乱了，却觉得这次下乡也许真是有意义的。

散会后，王海平走过来和我告别，讲了几句工作生活有困难他来解决的客气话，我突然发现他两鬓发白，眼角皱纹折叠。时光从不饶过任何人啊。他说，这次安排你去码市，有些偏远，生活上会艰苦些，所幸时间不长，克服一下。你的学长陈劭东点名要的你，这样也好，你们有个照应，一起干点实事。我问，劭东在下面干得还好不？他说，挺好的，就是有些耽搁了。三年前调整，本来可以到城关镇接位，在县城，接天线更近，很多基层干部求之不得，是他自己主动请缨去全县最贫困最偏僻的码市乡，开始有人称赞他是深谋远虑，镀镀金转一圈就回来了，现在对贫困地区主职干部的人事一律冻结，不脱贫摘帽不调整提拔，有人就笑陈劭东打错了算盘、走错了棋。我们边说边往外走，他要上车了，笑着拍了拍我的肩膀说，不管怎样，都是未来砥柱啊！我赔笑，心想，人各有志吧，劭东从来都是有想法的人，我还蛮期待码市在他手上翻新变样。

三

次日上午，来接我的是乡宣传干事小姚。陈劭东周末在县委党校参加为期两天的脱贫攻坚乡镇书记的辅导班学习，小姚说了缘由，就目视前方开车上路了。陈劭东派遣这个小伙子到省城给我送过土特产拜节，初次打交道就看得出他是那种谨言慎行的人，但后来听说他喜欢玩摩托车，挺出乎我的意料。路上，我问乡上一些事，问一句他答一句，很多地方不是说不清楚，就是答非所问。我失了兴致，就看着窗外的山景，倾听风中偶尔能捕捉到的几声鸟语。

环绕码市的是一座山，又是两座。这么说吧，山虽相连，又各有其名，一曰古婆山，一曰兜盘山。我把手机地图上的标示指给小姚看。他说，这边都习惯叫东边大岭、西边大岭。去码市要在东西大岭间的山路上转上两个多小时。二十世纪九十年代，经码市的水路荒废，硬化拉通了一条低等级的公路，坑坑洼洼跑了好多年，跑一趟是颠簸得头晕脑涨，虽然修护呼声甚高，但苦于没资金来源。直到前两年借扶贫的交通项目实施，山路扩宽，平整如新。我隔着车窗拿手机拍重峦叠嶂，从视野开阔的地方看天空，太阳被裹在厚厚的云层里，像是有雨要来，转上几个弯，又看到云开雾散，光芒万丈。

我打了个盹，迷迷糊糊感觉快要到了。小姚刚好接完电话，见我醒了，说："陈书记来电话，刚接通知，明天王县长看码市的安置点，顺便走访几个贫困户，九点开完例会从乡政府出发，请您也参加。"

我说："扶贫工作事无巨细，乡干部都要亲力亲为，迎陪走送，很忙吧。"

“有人说扶贫工作像个百宝箱，拿一件少一件，总也拿不尽。”小姚咧嘴一笑，说，“乡镇干部压力山大，个个上了发条，不在扶贫现场，就在去扶贫的路上。”

“注意安全！”车道急转弯，吓我一跳。小姚放缓速度，爬上陡坡，我的视线被一排粗壮的大樟树遮挡，待缓行一段再看到葱郁山岭，脑子里没了方向感，对东西大岭又失去了判断。

到了乡政府大院，小姚引我走进他们那栋二十世纪九十年代末建起的办公楼。楼层护栏外悬挂着醒目的红色黑体字标语，宣传的是核心价值观和美好生活的奋斗目标，院西墙的宣传栏张贴着林林总总与扶贫有关的政策文件，东侧是农村商业银行、邮政的房子，连同文化服务站、政务服务大厅，挤挤挨挨，院子陋旧狭小，但不失紧凑整洁。

码市乡拢共三十二名干部，借调到扶贫办和县直部门后，在岗的也就剩二十来位。办公楼上下四层，一、二楼办公，四楼闲置成了储藏间。小姚给我收拣好了三楼靠西第二间，陈劭东住在最东边。房间不小，布置简单，床铺书桌衣柜和两把漆面脱落的木椅，像个空空荡荡的“家”。

小姚帮我把简单的行李搬进屋，抱歉地说，将就将就，生活用品差什么到时说一声再添上。我笑着说，没那么讲究，你们能住我也没问题。陈劭东像是掐准了我刚安顿下来，打来电话慰问我的一路辛劳，说下午学习班结束，约了县直几家部门负责人商议安置点生活配套工程的事，晚上才回得来。“我争取早点回呀，我们借着月光喝一杯，给你接风洗尘！”他声音中的爽朗劲多少年也没变。

跟小姚去食堂吃午饭，因为是周日，有的走读干部还没回来。老师傅的柴火灶烧菜很香，胃口大增，饭后我决定独自到集镇上走一走消食。出政府大院上坡左拐步行五分钟，一条五六米宽、八九百米长的街道，刚好容两辆小车通过，既是集市也是公路，全乡的经济活动集中地。逢农历一、四、七的日子赶闹子（赶集），山里村民蜂拥而至，估计交通会瞬间瘫痪。街两边不留缝隙地砌着房子，一楼清一色店铺，有的是木脚楼，有的后来改建成水泥两层房，屋里光线灰暗，像码放的两排黑匣子。两个挂牌的村卫生室相邻不到五十米，十米之外一个岔路口是乡卫生院，这样布局让我觉得可笑。我去过一些大乡镇，道路又宽又阔，横平竖直，宾馆、门窗、装饰、超市、养生馆、汽修、家居，街边店面门头和县城没什么差异。眼下的这条码市老街，十来分钟就踏勘结束。没人在意午后出现在这里的一张新面孔。也许这几年下来扶贫检查的外人多了，人们也不在意那些路过的陌生者了。

毫无生机的乡镇。即将到来的三个月我将如何度过，只有等陈劭东亲口告诉我了。我坐在街角一块青麻石上，阳光穿过几面屋脊的三角地带，在眼前来回晃动。我眯眼打量身后的老街，二十年前到过此地的一幕若隐若现。那是我此前唯一的码市记忆，也是心底的一块隐痛。

那次是坐一辆客运班车过来的，路途摇晃，无比漫长。来的原因，是参加师范女同学彭余燕的葬礼。同龄人的意外离去，十来位同学相约奔丧至此，忧郁的心情让行程变得沉闷滞重。二十世纪八九十年代，国家重视中专教育，师范工商财农林水医卫等专业的录取分很高，能考入的都是尖子生，很多家庭冲着工作包分配走上这条求学路，农村学子还可转为城镇户口，就更是将之视为跳龙门的绝佳机会。

我和彭余燕是同一年考入，同班。她是码市学校考上的独苗，学习成绩优异，长相素朴纯净，寡言少语，有点像那个年代日本殿堂级的女演员山口百惠。陈劭东是学长，高我们两届。刚入学不久的晚自习上，一个戴眼镜的高个子男生站在教室门口把我和彭余燕叫出去，定定地望着我们笑。素不相识，我有些纳闷，他自我介绍说了一大串头衔身份，最终目的是邀约我们参加文学社活动。他问我，知道为什么找你们吗？我摇头。他说，我们是老乡，都是永城的。彭余燕从头至尾脸颊红扑扑的，没有说一句话。打过几次交道后，他是学生会副主席，经常抛头露面，就主动带我们参加一些社团活动。文学、书法、绘画、篮球，他都能露几手。我们常在广播里听到朗诵他的诗歌作品，在书法、美术比赛获奖名单里找到他的名字，还有每学期的校篮球联赛上看到他精准的三分篮远投。他走起路虎虎生风，回头率很高，我后来觉得他对彭余燕颇有好感，不过每次都会把我叫上，好像有我这个够亮的电灯泡才更安全。

陈劭东毕业那年，留市名额非常少，据说一个市干部子女占了他的指标，他赌气回了距永城不远的一所乡镇中学。现在回想，这对一个内心骄傲的人打击该有多大。分配失意，他因此和我们的书信联系很少。到了两年后我们毕业，师大有继续深造的保送生指标，我和彭余燕入围成了竞争对手，很多活动获奖的加分项，得益于陈劭东当年把我们引入社团参加竞赛打下的基础。后来彭余燕竟然主动退出，理由是家里条件差，父亲身体不好，弟弟年幼，她想早些参加工作。我没有悬念地保送了，却很长一段时间开心不起来，就是因为彭余燕的放弃。学校给了她全市优秀毕业生的荣誉，还给永城教育局出函推荐，她运气不错，进了县三小当老师。一个从山沟里考出来的女孩，留在县城教书，将来嫁在县城，这些都是按部就班要发生的，理所当然会是一种很不错的人生归宿。

那时的通信虽有寻呼机、长途公用电话，但又贵又不方便，我和外界的联系方式主要是书信。师大期间我和彭余燕的书信往来并不密切，每学期两三封吧，逢年过节互寄写着祝福的明信片，彼此内心都隔着一道防护带。她在信里说得最多的是工作生活近况，当班主任，教语文，一周有十五节课，还带了写作兴趣班；住在学校宿舍里，宿舍前有一排又高又直的水杉，房子老旧，冬夜风吹得过道呜呜响，像有人穿着拖鞋跑来跑去；多数同事都是县城的，上完课就回家了，几个年轻同事开始恋爱约会；她正在参加高等教育自学考试，一个人待在宿舍偶尔会感到害怕。她片言只语未提过陈劭东，但我知道我的收信地址是他透露的。陈劭东写信只有一件事，让我帮着购买邮寄书籍和自考复习资料，他刻苦好学，说要以一个自学考上研究生的民办教师为榜样，早日离开那所偏居一隅的乡镇中学。我旁敲侧击要他主动联系照顾好她，想象过他们坐在空旷无人的校园角落或宿舍里埋头苦读的温馨场景，当彭余燕说起幽深夜晚一个女孩子的害怕虽再正常不过，但我不解的是，陈劭东这时在哪里呢？有一次信末“顺颂安好”时，她不经意地提了一句，她在犹豫，做一个艰难的抉择，想回到码市学校当老师，那样离家近，能更好地照顾父母弟弟。我给她寄了一本战胜困境成为人生赢家的美国女作家海伦·凯勒的传记和一些自考论文复习资料，回信中语气坚决地劝她打消回乡的念头。我想也许只是她一时冲动，身边是不会有人赞成这样做的。

那时的懵懂和远离，慢慢会将任何虽美好但不在同一经纬度上的情感撕扯掉、消磨光。后来我更是体悟到，于情感而言，时间是灭火器也是过滤器。各自安好尚且无事，突然听到彭余燕死去的消息，那一刻除了震惊诧异，也充满了拳打脚踢般的伤感和锥心刺骨的遗憾。

彭余燕自缢身亡，消息是另一个县城教书的同学传来的。那时我面临毕业，联系了几家单位准备面试。我站在校园一家报刊亭旁，给陈劭东打了十几个传呼留言，焦急地等待，他却直到第二天才把电话打到我们楼栋宿管那里，丢下一句留言：余燕离世，节哀顺变。当时他若是站在我面前，我想我一定会狠揍他一顿。

消息像挤牙膏似的传来，自杀事件概括成一句话：彭余燕深夜在学校宿舍用长丝袜勒死了自己，次日上课无人进教室，才被同事破门发现。我说我不相信，同学说我们都不相信，好端端地活着或者说一个正常人，是要遇到什么样的事才如此决绝赴死，进一步说，以双手之力勒死自己怎么做得到。

县公安局最后下的定论还是自杀。封锁现场、排查问话、尸检化验，该履行的程序都走过了，找到的人证物证并不能证明死于他杀。我们那时分散各地，涉世不深，也没什么社会关系，对人情世态、办案破案都不谙其道，也没想到要组织起来去讨个明白的说法。“相信公安会把事实查清楚的。”一句互相安慰的话，等来的是不愿相信也得相信的结论。听说她的父母倒是去县公安局、教育局找过几次，但也只是安静地等在领导办公室门外，没有亲戚朋友帮着打横幅拦车鸣冤，也没有胡搅蛮缠讨要巨额经济赔偿。碰到这种事，单位都愿花钱速战速决，怕扩散影响。县教育局和学校工会找来家属当面答应给一笔丧葬费之外的赔偿，她父亲说人没了，钱也不要了。教育局领导说这是正常补偿，是你们应该拿的，在结案书上签完字，保证今后不闹事，拿钱就可以走了。她父母清理了女儿的遗物，在乡干部的帮助下，把女儿遗体拉回去下葬。那已经是彭余燕死去半个多月后的事了。

出殡前一天，一帮同学相约从四面八方赶到码市。说是一帮，也不过十来位。我大清早从省城坐火车到市里，又赶到永城与同学会合。我用车站公用电话联系了陈劭东，他的声音听起来也很沮丧，说人已经死了，没有新证据，就只能依了公安的定论。我问他要不要去送彭余燕最后一程。他说正在等参加县委办的选调复试通知，第二天可能要去面试。这也是人生大事，我没有责怪他。他赶来车站，拿了一个信封，里面有一千块钱，差不多是他三个月的工资，让我亲手交到彭余燕家人手上。我手里捏着信封，看他匆匆转身离去，这算是对一段美好关系结束的祭奠吧。一位同学悄悄告诉我，他谈了个女朋友，她的父亲是一位县领导。我冷笑一声，没有丝毫惊讶，也未做任何评判。

车在山路上慢慢颠簸转悠，同学起初还说说话，后来整个车厢都昏昏欲睡。天空弥漫着蒙蒙细雾，山和树木模糊游移，我有着前所未有的麻木，希望车永远在模糊的视野中行进，不要停下来。

天擦黑的时候，终于到了石喊坪，热心的村民把我们迎进彭余燕家。房子破旧，堂屋窄小，棺材摆在中间，像停泊着一艘黑色巨轮。尸体在医院太平间停放了半个月，面貌早走形变样，我们进去完成祭拜仪式，赶在棺木钉死前看到那张变得陌生的脸。四年前，我们在校园里，生龙活虎，无比热爱生活，向往美好未来，但突然以死亡的方式分别，从此阴阳相隔，心情复杂，比到码市的山路还要曲折幽深。

没想到的是，陈劭东深夜赶来了。冗长的道场仪式刚结束，停放棺材的堂屋里烛火摇动，墙上黑影碾压，他久久凝视着照片上被火光映亮的半张脸，眼泪无声掉落。

后半夜家属守灵，主事的要我们到附近村民家中休息，待天亮后送逝者上山下葬。我们把女生安顿好，几位男同学决定彻夜不眠。夜里有些寒凉，有人提议烧堆火，大家潜入黑暗中搜捡回一堆树枝，有人索性拖来一棵砍倒在山沟里的小树，我们在离彭家不远的空地上点燃了火。几个女生睡不着又回来了，火堆前顿时热闹起来。围着火，大家回忆往事，说起一次集体野炊的火是彭余燕燃起来的，有人说把火烧旺些，照亮她上路，让她以后走过的道路都有光亮和温暖。我心中的哀伤被火烘烤得硬邦邦的。记不得谁先说，看月亮升起来了。黑黢黢的山岭，清辉洒下，蒙上一层雾状的微光，山体也变得通透。

火光跃动，视线恍惚，山路上忽然看到有人影经过，女生胆小，喊大家去证实那个人影的真伪。有男同学举起火把往山路上探照，却发现什么也没有。一个女生哭泣起来，说那是彭余燕的魂魄吧，让她靠近我们吧，让她坐在我们中间吧，像往昔默默地倾听，而不是独自离去。夜色也被这个女生的哀悲感染了，所有人沉默着，抬头凝望月色溶溶的夜空，四面阒寂，只有树枝燃烧发出噼噼啪啪的声响。

陈劭东坐着不吭声，手中的烟一支接一支，我记得他以前是不抽烟的。后来他变魔术般地从随行包里掏出两瓶白酒，把瓶盖打开往夜空里一扔，男生轮流对着瓶口喝着辣舌割喉的祭奠之酒。那是一个对着青山赊月色的夜晚，是一段扼腕生命脆弱的青春时光。我们把酒无言，坐到晨光熹微，我醉眼迷离，好几次朝山路上张望，空空荡荡，奔赴另一个世界的身影再没有出现。

那个夜晚过得格外缓慢，仿佛时间已经凝滞，连同火焰、呼吸与回忆。我知道，以后再也不会遇到这么漫长的夜晚了。

四

陈劭东从县里返回已是夜里十点了，他比我两年前看到的样子要略显发福，肚腹微微隆起，我暗中一笑，中年男人都逃不脱的命运呀，何况是在酒桌上摸爬滚打的乡镇干部。他开心地喊着我的名字，热情拥抱比他身材小一号的我。

"听说了你在见面会上的发言，说得好，故乡是回不去的，因为时间本身是回不去的。"

我不理他的夸赞，假装生气地说："听说是你把我要到这穷乡僻壤，来看你施展抱负？"

"是你那位王老师泄密的吧？"他哈哈一笑，"大记者，就是要到这里来，才叫真正接地气。精准扶贫在这里发生的点滴变化，都应该写进历史的教科书。"

我不去接他的大道理，讥讽地说："当初选这里你可没想到回不去的吧？"

"既来之，则安之，我没考虑那么多。"

"那说说你考虑的是什么？"

他把话题岔开，说："走，去我房间喝两杯。"

"算啦，我戒酒了，现在也不是青春年少感伤悲秋了。"

"破戒！不破不立。"他才不管我拒绝的理由，抓起我的手就走。

他的宿舍布局也很简单，比我的多一个书架一个储物柜。他摆桌子拿酒开熟食，我就到书架前巡视。我想看看当年被我当作偶像的学长还剩下多少精神追求。对他架子上的百来本藏书，我并不以为意。最上一排是党员干部必读的理论书籍，但下面的三排书脊把我镇住了，都是与乡村建设和中国农村百年变革有关的民国大咖著作和西方译著。梁漱溟、晏阳初、董时进、李景汉、傅葆琛、陶行知，二十世纪二三十年代的一批有理想的乡建之子，也有美国明恩溥、何天爵，英国麦高温、约·罗伯茨等中国文化研究者。我抽出几本，摩挲发旧，批注详细，看来都是反复读过的。

他把酒食摆好，拿出一瓶洋河大曲梦之蓝。

"人生是灰色的，梦是蓝色的。"他扬了扬酒瓶，斟满两个小玻璃杯，"晚上请饭请酒，两条通村公路扩建三个安置点饮水工程，立项的扶贫项目，进度缓慢，像催债，人家欠你的，你还要低三下四去讨。"

"他们不履职，到时板子打他们身上。"

“没你说得这么简单，现在的考核都是一把手约谈，在你管辖的地盘上，老百姓的吃喝拉撒生老病死，哪一件都不是儿戏。”他端杯示意走一个。

“帝王将相，戏非儿戏，是这个理吧？”

“来，大记者，码市欢迎你！”杯中酒他一饮而尽。

我久不沾酒，两杯下去头有些晕乎。他酒量虽大，但脸上堆积着酒后的浮肿和奔波的疲累。他和我絮叨起乡镇的现状和症结，扶贫脱贫的艰辛，有一些现象与我平日所闻完全是颠覆性的。勤的干，懒的站，不三不四瞎捣蛋。我知道基层工作复杂、干部辛苦，但没想到有的艰难无异于徒手攀爬一面面陡崖峭壁。

我轻叹，你到码市，说说你的抱负？他说，你待一段后再做评议吧。我直言午后感受，让人无可惊喜。他说，你看到的是过去与现在，我们更多的是要去看未来。我爽言直语，没有现在谈什么未来，况且你所说的未来是在这穷山瘦水，没有资源、没有财力物力所能走到的未来，是你书架上那些失败的实践和理想的空中楼阁？

他抬头看了一眼书架，仿佛那里藏着一个突然会跳出来的怪物。他说，这几年，我在琢磨乡村建设这四个字，它不单单是建设乡村，让乡村有个光鲜的外表，它是整个中国社会建设不可分割的有机组成，乡村走出贫困的根本是在建设而不仅是一味输血。扶不起的阿斗，关键是阿斗要自己立起来。他取下几本书，说到它们带给他的启示，民国时期有数百上千的团体机构实验区都致力于乡村建设，除了我们熟悉的黄炎培的徐公桥实验、陶行知的晓庄模式，连阎锡山这位我们以为的“刽子手”军阀，也有很多改革乡村的设想，他的用民政治就是要“启民德、长民智、立民财”。还有外号叫“中国船王”的卢作孚，中华人民共和国成立后毛泽东曾说过的中国民族工业“四个不能忘”中的运输航运业的那位大亨，就率先提出过乡村现代化的口号，你知道他的愿景是什么吗？是愿人人皆为园艺家，将世界造成花园一样。

“难道我们只把这当作幼稚和失败？”他苦笑。

我看着眼前这位仿佛又回到师范生活年代的学长，激情四溢，在社团活动现场慷慨激昂，但台下已经不是坐着当年逐梦理想的我。我没有反驳或是说打击他，那个他所说的自己立起来，在码市这个地方，有立得起的支撑和底座吗？我说：“时间不早了，今晚到此为止吧。”

酒已喝完，话却并没说尽。这个夜猫子，我不坚决打断，也许他能滔滔不绝地借着酒性说到天亮。他的房门洞开，我起身迎风，能看到对面隐约的山岚，我们没有回忆多年前那个喝酒送别彭余燕的月夜，也没有只言片语去怀念共同的故人。我突然看到桌上还摆着第三只酒杯，空杯见底，杯壁湿沾，地上有一片浅浅水渍，像一张模糊但似曾相识的面孔。

他踉跄着送我出门，我让他留步，赶紧洗漱休息。他的舌头打着卷：“你来了，就是最好的支持。明天一起陪你的老师，看看山村的未来。”

五

下半夜落了场雨，把山林浇个湿透。清早起来，黑色屋瓦洗涤过似的，油光发亮，几只长尾巴鸟檐间雀跃，发出悦耳的欢鸣。空气润朗，沁人心脾，这感觉是在城市所无法经历的，我深深呼吸，恨不能在身体装上个压缩机，把体内浊湿之气排空，把新鲜之气储存起来。日上山峦，浮光耀金，两面青山也如同梳洗过，墨绿、黛绿、葱绿、碧绿、水绿、豆绿、亮绿、嫩绿，我所能想到的描述绿色的词，似乎都能在山野间找到它的所在。我想起师大同学有一位毕业去了西藏支教，给当地牧民学校当义务老师，每天清早，眺望蓝天白云、草原雪山，看着孩子们的高原红，迎来第一缕曙光。乡野之所，大概这就是最美好的念想吧。

城乃防御，市乃开放，码市之名，从前因开放而得。过去这一带在人们嘴里叫码头铺，傍着一条穿山越岭的水流，叫冯河。陆路交通兴起之前，运输全在冯河上，山货洋货交易流通，商贸客商多会于此。地理记载，码市四周虽是崇山峻岭，但地处湘粤桂交界，清咸丰年间就建集立市了。从冯河出发，水路经抵道州、永州，沿湘江入洞庭、通长江，然后水阔天高，就能去往武汉、南京、上海等地。来之前，我又翻阅了一本地方志，上面说过去冯河开阔，上游溪流众多，从东边，有大量的杉松、竹木、茶叶、桐油、药材山货在此聚散，往南的古道直通粤桂，丝绸海盐以及一些舶来品又多从这条水路中转散入内地。

一水缠绕，山就活了。但记载中的繁华时光已成美谈和遗憾。三十年河东三十年河西。陆地运输的快捷，如毛细血管的公路四通八达，把冯河之上众星拱月般的水上口岸抛弃了。又加之水土流失，山洪滑坡，泥沙冲积，河床抬升，河水欠丰，山上林木禁止砍伐，无物可运，水运衰落，唯有老人嘴里，落魄的码市还留着些许荣光。

深夜酒谈之后，我还真对陈劭东的所谓未来充满好奇。往事历历，时光销蚀一切爱恨情仇，但不会销毁。这位多年前我很尊重的学长，其形象地位已经随着彭余燕的离世坍塌了。那个晚上围坐山火的一场痛饮，是对青春的祭奠，对生命的哀悼。他没有给我合理的解释，往后也没有，他有理由不说，我也不追问。罅隙横亘我们之间，也是这些年联系很少的原因。他攀上高枝，转圜于他的仕途，无可厚非，但他画的一张乡村建设的大饼，让我感到腹中之饥。麻木生活，物质想象，有光而不曾照见甚至早已忘记光的存在，我们转身，他说待他拂去光之上的遮蔽之物。

他来码市，真是要帮穷山里的人寻找光吗？又还能找到吗？

周一例会，陈劭东公事公办，很客气地做了介绍，算是让我和二十多位乡干部见面认识了。毕竟还要同事三个月，该走的程序不能少。例会还布置了一周的工作，小姚把清单打印好发放到各人面前。二十几项工作，密密麻麻，交错复杂，都事关扶贫的方方面面，饮水安全、教育保障、基本医疗、危房改造、易地搬迁等，每一项后面都有责任人和主抓部门，打星号的是提醒本周完成，三角号标志的是重中之重，画圆圈的是要迅速整改落实的。

上面千条线，下面一根针，政策最后落实到基层，就压到了乡镇、村一级干部的身上。没搞好，上面要批评，严重的要问责，下面落实的难度和实施操作的麻烦之多，因地而异，也因人而异。陈劭东讲话干练，废话很少，安排工作既观瞻大局也讲究落地，这些年的磨炼不是瞎折腾，我却不禁有些同情他，选择到这个最贫困的乡镇，也把自己困在了这里，才干激情能在时间里一直延续生长吗？

会议半小时后结束，乡干部分头忙碌。陈劭东把记录本合上塞进包里，招呼我：“王县长快到了，我们一起去陪，看看安置点。”

拎起包我就跟着他噔噔下楼往外走。陈劭东还像读书时那样，步子迈得大走得快，小姚没给行程单，我不知道王海平下来具体要干些什么。大学毕业我考进报社做过几年的时政记者，与省里领导或是省直部门负责人下过乡，都是前呼后拥，浩浩荡荡。见到王海平孤身坐在副驾驶，我有些惊讶。

“您堂堂县领导下来视察，就这样轻车简从，不怕路上打劫呀。”我故意打趣，活跃一下车内气氛。

“哈哈，有何可劫？他们要也只会劫劭东书记吧？”王海平说，“这两年下来检查扶贫，习惯了独来独往。不给下面添麻烦，也不给自己找麻烦。”

“人家要的是排场，偏生不怕的是麻烦。”

“那是人家的事，喜欢形式官僚主义，可不是我这个教书匠出身的半老头子追求的。”他说了一个笑话。中央八项规定出来之前，一位副省长到县里慰问特困群众，省市县三级领导陪同，警车引路，车队庞大，到群众家中一番嘘寒问暖，临走时递上一个信封。当时副省长拿着薄薄的信封，脸色就有些僵滞，那户人家有个傻宝儿子，急急拆开贴着“慰问金”三字的信封，大呼小叫，来这么多人，才送五百块钱。副省长前脚刚跨出门，听到这话，脸就垮下来了，冲着随行的干部发火，明年再这样的标准，不要请我来慰问了，丢人！我和陈劭东都笑起来了。

王海平愉悦地回忆当年教书时的几件小事，还把我那时的表现做了些美化。我没想到他记忆力如此之好，转入仕途，也就是凭着好记性和笔杆子上去的。陈劭东光听我们师生说话，也不插言，面色深沉，和昨晚见到的完全是两副神貌。

王海平把头往左一偏，盯着他看了几秒后说，劭东啊，人事上我说不了话，你到乡镇来就来，好端端地把婚离了，趴到这穷山沟里，是真不想上去了，你知道县里有些人的嘴，比刀子还锋利。人生机遇就那么几次，你不要搬石头砸自己的脚。

陈劭东离婚的事我略知一二。当年，他改弦更张，娶了县委副书记的女儿，这是他没有选择彭余燕的唯一理由。男人为了前程朝秦暮楚，前车太多，难断对错。早几年岳父退休，他们夫妻没过多久就协议离婚，没吵没闹，对外讲是感情不和，儿子归他，不过外公喜欢，又仍带在女方家中。去年他来省城做了一场老乡的饭局，我问过他，也是这个说辞。人多嘴杂，他没多说，分别后却发了条短信过来：离婚是废除束缚，放飞自由的身心。

说到自由这个份上，都这个年代了，还有什么再去追究的。

朋友相处，点到为止，没有唯一标准。这也是我的原则。后来我再没与他问询过，成年人别过得那么辛累，尤其是对城堡进出的亘古命题，人人都有破狱而出就绝不画地为牢的选择权。小县城最热衷传播桃色新闻，开始很多心怀鬼胎的人还非议着哪一方有猫腻，等着看一出好戏，但两人各自单着，既无绯闻也无实变，有时还一同带着孩子出现在好友的饭局上。陈劭东下派码市后，一心在山谷沟垄里忙碌，也乐得把儿子丢在岳父家。

一团扯不清的麻纱，陈劭东故意岔开话，以恭敬口吻向上级领导汇报，码市扶贫脱贫已经完成的工作，正在做的旅游项目以及存在的问题。从全乡到各村的贫困人口、逐年脱贫的数字到各项经济指标、惠农补贴，他熟稔于心，一门清。王海平夸赞他对政策、数据的掌握和贫困状况的分析，微笑“预测”：我们都看得到的，劭东把码市的扶贫差事办好了，未来是要进常委班子的。

先去看的是易地搬迁安置点的建设。地点是陈劭东一个个亲自反复考量后选定的，与别的乡镇不可比，人家随便在集镇附近选一块空旷之地，水电路一并畅通，几十幢新房整齐排开，美观气派。码市自然条件受限，集镇往外开扩捆手捆脚，又不能随意炸山拓地，要找到一大片平整土地来集中安置石喊坪村上百户搬迁人口谈何容易。搬太远，贫困户不乐意，住得太集中，山上独门独户住惯的人也不愿意，他最后想了一个方案，山村特色不丢，选了四处安置点，离集镇不远不近，尽量让一个村互相认识的贫困户住到一块。选址方案经过公示，逐一让村干部上门征求意见，获得全体贫困户的赞同通过。

我们参观了正在装修扫尾的安置房，白墙青瓦，依山就势，连点成片，最小的五十平方米，最大的一百五十平方米。王海平对房屋设计和建设质量竖了大拇指，说，房子建好了，要想让人住得舒心，还必须考虑后续的帮扶措施，在劳动力转移就业上做文章，易地搬迁才有亮点。

陈劭东似乎早等着谈到这个实际问题，介绍了已经准备落户的扶贫工厂计划，又神秘地把我们带到离安置点不远处开垦出来的梯田处。他说，农民虽日出而作，日落难歇，但骨子里最需要的还是可以耕种的土地，没有土地他们心慌难眠。搬迁后，山上的房子要拆，山田也种不了，年轻的可以外出打工，年纪大的走不出去，我考虑后就近开垦了几块菜园子几分山田，让搬迁户心里不慌，这样生活才开心，好歹也是帮着他们做点实事吧。光靠政策补贴，脱贫不得其法，贫者不改心志，乡村振兴又何以为继呢？

走了几处安置点，恰好也有村民前来探看新家。王海平看得高兴，感慨赞许，扶贫要扶智，也要扶志，我看码市因地制宜的思路和做法很好，抓住了山村易地搬迁的牛鼻子。农民本是农村脱贫和振兴的根本力量，他们不积极参与，乡村建设就是白纸一张空话一句。现场气氛热烈，王海平说，我不能空手来，好比农民着急娶老婆，如果你却送本书，告诉他“书中自有颜如玉”，哪能这么糊弄，是这个理吧？他的话逗得大家哈哈大笑起来。他承诺从分管的文体卫项目资金里给安置点支持，把文化健身医疗配套到位，村干部和村民看到领导送“红包”，一个劲鼓掌致谢，像是前途立马一片光明。

看完安置点，王县长说想到石喊坪走访几个贫困户。看了两三户，这些家庭有的子女在外打工，有的孩子即将入学，都对搬迁充满期待。山路弯弯，山林茂密，西边大岭看似变化甚微，一家一户，依山就势建房盖屋，虽仍靠山吃山，但相较过去，政府投入加大，生活基础设施大有改善。王海平坐在前面当导游，说他在码市出生，儿时看到的山长什么样，山中生活之苦，十几岁随当国营林场场长的父亲调动工作走出大山，这些年哪里变了样。我听着也颇为感慨。

过了午时返程，王海平在一个岔道口选了一条小路上行，路况差一点，趟过这道弯，前面才重上主路。我坐车上转得晕乎，看着山林已不识，隐约记得多年前来过，但记忆被脑海中的橡皮擦擦去了。车停下来，王海平走进坐落在山坳上的一栋矮房子。房子有些年头了，是过去的大土坯砖堆砌起来的，屋檐黑瓦日晒风吹，雨淋夜露，色泽变白，罅隙处长着斑驳苔藓，时间的刀斧之力，都刻在了坯砖上，有的地方裂开几道瘦长的缝隙，有的剥蚀之后残缺坑洼，仿佛一个长途跋涉的褴褛落魄者。

“这样的房子算不算危房？”王海平前后屋看看，皱着眉头问道。

“已经做了易地搬迁的安排，分了一套安置房。”村支书黄旺生及时赶到，躬身上前回答。

“谁说我要安置房？谁说我要搬家？”人未见声已闻，一个脸色酱黄的秃头矮老者从屋里走出来，他右前额凹缺一角成G形，活像一个从大庙供台走下来的丑怪老罗汉。他的长相拨动了我的记忆之弦，我想起二十年前在葬礼上模模糊糊的一面之交，是彭余燕的父亲。听说他头上的凹缺，是年轻时当排工留下的，差一点命都没了。到码市来的路上我有想过，这一家人过得还好吗，没想到此时相见，却不敢相认。

“谁说我要搬到安置房去？”老人火气很旺。

王海平一愣。黄旺生上前一步，挡在老人面前，说：“彭老招，县里领导来看看我们村，看扶贫好政策的落实，安置房就是政府的关心，你怎么又不搬了？”

“是你们要搬，我从来没说过要搬的。”

黄旺生脸色赭红，摆出一副杀猪佬的生气状，还想要争论一番。王海平拦住了他，问道：“老爹，为什么不愿意搬？”

“我搬走了，我儿子就找不到家了。”

“你儿子怎么会找不到家呢？”

“他出门了，还没回来。”

这时从里屋走出来一个满头银发的老女人，彭余燕的母亲，高颧骨，皮肤黑里透红。女儿的噩耗传来，听说她一夜之间头发全白了。她满脸忧虑之色，扯着彭老招往屋里拖，他赖着不走，像个孩子生气般嘟着嘴。两人就在自家门口当着外人的面僵持了。

王海平走进屋里，黄旺生跟进去唧唧咕咕介绍彭老招的家庭情况。儿子叫彭小亮，出门打工，回来过一趟，再次外出后就没音讯了。

“有几年了，去找过吗？”

“三四年了吧，这让他们去哪里找。到乡派出所报案，说县里才有权限查什么身份证信息。”

“查过吗？乡里村里应该派干部帮一帮。”

黄旺生支支吾吾，他返身到老女人面前，问最近有没有儿子的消息。女人摇了摇头。

屋里光线很暗，飘着一股溲溺之气，王海平站到对门逆光的神龛位，墙上挂着一张褪色发黄的旧照片，严格意义上并不能算是逝者的遗照，而是一张放大的生活照——女孩穿一身长裙，侧身站在操场上，风把长发吹起，阳光在脸上映成淡淡的微笑。黄旺生在一旁说，那是彭老招女儿，死好多年了。

我也看清了二十年前的这张脸，此刻却非常陌生。我像一个失忆者慢慢召唤记忆，如撞入一头小兽，慌乱，搐动。物是人非，山长水阔，触处思量遍。时光的灰旧与色彩的挥发，无法真正磨蚀这张青春的脸。我瞟了一眼陈劭东，他站在我们身后，神色寡淡，仿佛丢了魂魄，身体骨骼撞击发出嘎吱声响。这声音，又像是从房子里每个人的身体里发出来的。

彭老招突然大叫一声，我们纷纷扭过头去，他抓着老女人的头发，拖着往几米远外的山路上甩去，嘴里骂道："都是你这死婆娘，把儿子赶跑了，不回来了，看你死了哪人给你送终。"

女人并不挣脱，顺着彭老招的力道和松开的手，弯身跳过屋门口的导水沟，站在路边上，把一头银发向上扬起来，跳大神般手舞足蹈起来。她往山下方向指了指，喊道："回来了，小亮回来喽！"随行者有人真的探出身子往山下望，什么也没有。

彭老招一屁股跌坐在一把矮凳上，抹着眼角，说："老婆子，我对不住你呀，你跟我嫁到山沟里，愁吃愁穿，图个啥，现在快埋进土了，儿女都没了，你恨不恨我，你不恨我，我恨我自己啊……你披头散发干吗，快去捡柴烧火，家里来了客，我们杀鸡吃，吃鸡喝酒。"他靠着墙，受了委屈似的呜呜哭起来。老女人走过去怜爱地摸着那颗头发所剩无几的脑袋，又紧紧把他瑟瑟抖动的身体抱进怀里。

"死酒鬼！神经病！"黄旺生皱着眉头，嘀咕道，又朝我们露出一副哭笑不得的表情。他对彭老招说：“你也是经历过生死的人，凡事都要看开些。”

“我没死，我没有死过，死了就不是人了。”彭老招挣脱妻子的怀抱，理直气壮地回答。看到王海平跨出门槛，他一把抓住他的手：“领导，你要帮我，你们要帮我找儿子。”

“好好好，我们帮你找。”王海平连忙应允，往后退，像是怕他做出格举动。

彭老招放开他，又抓住我的手，把找儿子的请求重复一遍。他的手粗糙得像把钢锯割手。我也唯有点头。老女人过来把他扯开，向我们道歉：“老倌子过去放排脑袋受了伤，不清醒时就胡言乱语，莫见怪。”

“找个鬼，你们都是骗子。”彭老招喃喃低语，“一群骗子！”

王海平把陈劭东喊到身边，交代说，乡里派人去衔接公安，把彭小亮失踪的情况再调查一下，科技信息这么发达，交通、住宿、看病、打工都要身份证信息，还找不到一个人。陈劭东没有说话，表示默认。

这些年乡村的奇怪事件，比小说还真实地发生在身边。离奇出走，杳无影踪，只是其中一桩而已。乡邻多会议论彭家人丁不旺，命运如此，不可违逆。这个场合，我心情沉闷，不敢跟疯言疯语的彭老招相认，也许他压根不记得女儿有过这样一位同学。

他这么疯疯癫癫，非常不好对付，有点像医学界也畏难的“老年认知症”，大脑皮层结构功能发生了病变。后面我能帮得上什么呢？在省城我曾汇过两次钱，但钱都退回来了，地址有误，查无此人。但那是我所能确定的地址，可以解释的理由，是对方拒签了汇款单。后来我才知道，这个性格刚硬的老排工拒绝了所有的善意。

六

下山时，车内一阵沉默。我看着窗外，青山绿水，却遮不住悲摧命运撞击彭老招一家的遍地狼藉。彭老招说话怪怪的，让我想起维特根斯坦说过，人是不会经历死的，凡是经历了死的都已经不是人了。他肯定是不知道这位二十世纪最具影响力的犹太哲学家，却说出了类似的话。我不知道王海平突然闯进彭家的缘由，他是码市的故人，彭老招的遭遇不会没听说过，也许还知道彭余燕与我们之间的关系。

他终于开口问话了：“劭东，你对彭老招一家的情况很熟悉，经常来？”

陈劭东说：“每次到石喊坪都会路过看一眼，彭小亮是三年前外出打工，之后再没任何消息。两个老人基本丧失了劳动能力，过去吃低保，种了五分山田，建档立卡后有些养殖公益林补贴，乡里逢年过节发点特困补贴都有份，勉强维持生活吧。问题是彭老招长期头痛脑热高血压，一年下来吃药也开销不小。”

“黄旺生说你是该给的都给了，不该给的也都给了。”王海平说。

“什么叫该不该？”陈劭东说，“黄旺生在村干部里算是有能力，但一张嘴像冰刀子，村里和他对着干的人都不饶。”

“有时做事要一碗水端平，至少要巧妙，这也是自我保护。”

我第一次见黄旺生，就看出他匪气重。很多村干部久踞村上，手握资源家底厚实，唯上是从，对弱势群体却很霸道，这并不少见。

陈劭东说了彭老招和黄旺生之间的过节。早些年，农村有段时间风气不好，外地人跑来设流动赌场，黄旺生的小舅子是村会计，不争气，爱去赌。他把村部代管的养老金、村民各项补贴存折偷偷取了钱去赌。有村民知道这回事，上门讨要，他就发一点，年纪大的村民不知情，他就造表伪造签名蒙混过关，几年下来从中截留贪污了有二十来万。钱呢，打牌输光了。村里人私下找他要钱，嘴上答应得好，却一拖再拖。这事传给彭老招知道了，他才不管什么猫腻，也不讲情面，先到村部闹，又跑到镇上告，还找去了县纪委。县里后来派人下来调查，一个大窟窿，加上以前发放现金、换存折抹下来的零头，总共有三十大几万。上面要追责，最后是黄旺生四处找人出面转圜，又替小舅子退了钱，才免了牢狱之灾，村会计也干不下去了。

小舅子违法乱纪有错在先，可黄家人对彭老招恨之入骨，眼中钉只是拔之不得。村民看到他傻不隆咚，爱出头，以后捕风捉影听到一些村“两委”和村干部暗地做的不公之事，就悄悄告之，怂恿他去闹。有些事换在别村就大化小、小化了抹过去了，他排工出身，是那种倔性子，几经争斗与乡上村里的不少干部结了怨、拉了仇恨。

陈劭东说：“人家嫌弃彭老招还来不及，哪会愿意去帮着找，都盼着彭小亮死在外面看笑话。”

“那几年我在教育局，在县纪委通报上看到过，当时反响很大，全县后来搞了次大排查，教育部门也对教育补贴中一些发放不到位的搞了整改，没想到导火索是彭老招。”王海平说，“彭老招这个雷脾气年轻时就有，重情义，敢担当，说来话长，我老父亲还欠他一个人情。”

他这么说，我有些好奇，问道：“听说您父亲那时是国营林场的老场长，那个年代，林场权力很大的。”

他回头看了我一眼：“你知道码市过去有名的连子排吧？”

“当然，我小时候还跟做过木材生意的姑父去看过放排。”

我说。

码市热闹红火的年代，最引人注目的一件事就是放排。那时秋冬季节砍伐的池杉、水松、香樟、山毛榉，都集中堆放到山上的水流边，等着涨春水。春水一来，木头就要扎排，一般三五根，或者是九到十根扎成一张木排，排头用四个竹篾编成的圈套固定好，中间钉上火熏水涝过的“肚带藤”，朝溪流一扔，顺水而下。小水路顺下来的木排都要在码市的老河咀汇集，然后由人拆散重新扎成连子排。老河咀一带的河床平缓开阔，陡峭岩壁上几棵大香樟挡荫，像撑开的遮阳伞，过去排工就在伞荫下做出一张张连子排。

连子排有公母之分，排工要先摆好平衡木，分四层摆放要运输的木材，第一层二十四根，逐层两根两根递减，扎成一节总计八十四根。此般编扎三节，第三节扎成凹形排尾，此为母排；第四节必须选粗壮的木材，排尾编扎成凸形，谓之公排，然后公母相对，串成一体。我姑父干什么都很执着，退休后口袋里常揣着一个速写本，走到哪里都要勾勾画画，前两年回到冯河走了几天，凭记忆画了一组放连子排的图。我前不久去见他，他拿出画的连子排，与我一起回忆看放排的场面，心情特别激动。王海平一说我的记忆就活了，我们叫那些排工是“排古佬”，上路前，排古佬烧香磕头拜神，把随身行李丢在排中间的食宿工棚，暑天是赤膊短裤，天凉也是穿件短褂汗衫，全身冒着腾腾热气。

“人老了爱讲古，我父亲就是这样，我一回去看他他就拖着给我讲林场往事，还自己写了些文章，将来都可以出本书了。”王海平说，“我给你们讲讲彭老招的故事吧。”

彭老招以前并不叫这个名字，这是他在河上的外号，“招”就是驾驭连子排的排工，前招掌控速度，后招负责方向。彭老招随身带着一根竹篙，那是从山上精挑细选的隔年毛竹，围径十五厘米，找铁匠打了一个铁箍固定在竹蔸，久磨发亮。河上的排工都认得彭老招的这个“方向盘”。每到急流险弯，他的篙迅速下水，脚下踩实，手上发力，就着流势把木排方向打直，不然的话排头撞向水中石头，散排是小事，人被弹撞殒命才是大事。彭老招熟悉冯河每一段水域，排速管控有度，从未出过差错，久而久之在水上声名大噪。那时从码市放一次连子排，四到七天，时间从容，排古佬欢歌笑语。若是时间催得紧，有的生手宁可丢了这单生意，也不敢冒生命之险。水上放排性命攸关，也是把脑袋挂在裤腰带上的事，敢接的那号人才是真正的厉害角色。

有一年涨春水，国营林场急着放一次排，给出的薪酬是平时的三倍，但要在三天内送达，没人接单，平时牛皮哄哄的排古佬也怯场了。老场长灵机一动，摆酒请来了彭老招，给他戴高帽子，说这批木材是着急送去一所新学校，做一批课桌椅，事关孩子们秋季入学及时开课，积德造福之事。几杯老酒下去，没吭声的彭老招撸起衣袖，答应帮老场长这个忙，但提出一个要求是依旧照过往的正常薪酬付，多的分文不取。老场长担心彭老招反悔，要先付定金。彭老招说，冯河上的排古佬说话算话，给公家办事打保票，但不打退堂鼓。

彭老招讲义气，不图利，一下传为美谈。开排那天，排古佬聚拢老河咀，杀鸡放鞭，唱起排工号子，河流上像过盛大的节日，河面上落满鞭炮碎屑，点点红殷，像是一条血河流淌。林场工人将上游蓄满水的石堰开闸，彭老招驾着连子排在众人雷鸣般的欢呼声中上路了。速度取决于时间，这次的速度自然要比过往快，至于快多少，当然是越快越好，但他还是非常小心稳重，过了最险的侵滩河、蛇友肚、刀脊岭，与他搭档的后招如释重负，吁了口气，放松警惕，行到鲁鸡荡，后招大意，判断方向失误，斜里往前冲，眼看要搁浅滩头，彭老招赶紧减速，但还是擦着一块大石头，顺着水流的加速度惯性，连子排侧身空翻，彭老招拼命想调整好方向，但人被甩出去，头撞向岸上一棵树丫，后招没这么好运气，撞上石头，翻身几个滚，沉入水中，一股血泉浮上来，像墨团滴落，慢慢洇开在冯河这张流动的画纸上。

1993年，山里通公路，木材改陆运，也就是这年夏初，彭老招放排出了事故，用行话说是“翻了掌，沉了水”，虽幸免于难，但也从此告别放排，归山做回了农民。他那颗变了形的脑袋，凹塌处就是撞树受伤的后遗症。

王海平讲到这里，我推算了一下，那年彭余燕正在码市乡中学读初一。课堂上她被老师急急忙忙喊出来，懵懵懂懂回了家，她一度以为父亲水上出事死了。彭老招活过来，但家里的顶梁柱在那天就倒了。彭余燕的初中学业，其实是老场长暗中资助才毕业的。

听完这段属于上一代人的冯河故事，陈劭东假寐，我看到他眼角隐约有泪光闪动，终归是眼一睁，泪花就不见了。

我抓住副驾驶的后椅背，说：“找彭小亮的任务，让我试试吧！”

七

乡上都知道来挂职的副乡长，陪王县长走了趟石喊坪，下山后就要帮彭老招找儿子了。

有热心的乡干部借来办公室走动，饭后散步时，给我讲彭小亮的事。这是个“闷葫芦”化生子，中考没考好，被乡里资助去读县职业中专，后来的事让人哭笑不得，入学前被县城几个小痞子喊着玩牌，一夜输光了学费，也不吭声，干脆入了痞子群伙，只有要学费生活费的时候才回来，然后吊儿郎当地掉在彭老招的屁股后面，来找乡民政干部要补贴。这个在他人嘴中误入歧途的彭小亮与我记忆中的完全是两个人，我记得他的样子，是个不爱讲话、大眼睛的小男孩，在他姐姐的葬礼上，坐在角落里一动不动，供桌上的烛火快熄灭时，他就跑过去续香，给长眠灯里倒上油。时隔多年，记忆都会发黄变旧。他长得多高，胖还是瘦，是不是像那些出了门的年轻打工仔，把头发留长染一束黄毛。他失踪几年，码市在外打工的好心人，起初也帮着留意问询过，但音讯全无。他像蒸发的空气，跑到看不见的地方藏匿起来了。

远山尽翠，屋舍散落，像一串断线的珠子，掉落大山深处。彭老招家从前是住在山脚下的，离集镇近，放排受伤后，说听不得赶闹子的哄吵声音，找村委会换了半山坳的一块空地安了家。我驾驶着小姚的川崎X300上山，这台机车号称“山路王子”，外观结实，动力强悍。有一段山路修在冯河水库上，去年修好的路，但防护栏还没到位，乡里给县公路局送过几次报告，不知压在哪个领导的抽屉里。有几处路基塌方，水泥路面发生位移，凹凸开裂。小姚再三提醒安全，滑落山下，命都捡不回来。

彭老招在石喊坪是个浊姓，势单力孤，不被待见，也跟他早些年爱找村委、村干部的碴有关。那时基层管理松散，群众利益被村干部抓在手上，彭老招不管不顾，把黄旺生的小舅子告倒了，把低保分配不公的问题揭了盖，村委会要把几棵老树贱卖进城也被他誓死守住了。女儿死后，他那放排中捡回来的羸病之躯，干不了重活，年岁一增，愈加孱弱，成了村里的特困户。村干部虽几经变换，但都避而远之，好像他是村里的瘟神。

上山前，小姚帮我给黄旺生打了个电话，说在村部等着。乡干部聊起黄旺生，一个人精，在村里盘踞经营，不是沾亲带故，就是勾肩搭背。乡上也曾有意换个村支书。年轻力壮有点头脑的人跑外面打工多赚钱，没人愿意出来挑这个重担，开了几次换届选举会，盘来转去，还是把黄旺生推了上来。

我加速，川崎沿着山路盘旋而上，两旁的树一棵棵向后飞起来，像是与我竞赛似的，比赛谁跑得快。风灌进我耳朵里，混杂着摩托的嘶鸣，听不见别的声音，耳道里鼓胀轰鸣，像随时都要爆炸。

前两年上面拨专款，各村新建了办公用房，规范有序，气象一新。石喊坪也不例外。会议室长方桌上成摞码着装订好的资料名册，墙壁上张贴着各种文件规章制度。我环视一圈，村委会工作职责、村民代表会议制度、村干部廉洁自律规定、村规民约、村务公开、驻村扶贫工作队职责，还有诸如文明创建、星级文明户评比工作领导小组、村尊老养老红白理事会、道德评议会、禁赌禁毒协会名单，眼花缭乱。挂最中间的是一张写真的彩色卫星云图：石喊坪村脱贫攻坚作战图。

黄旺生正在布置山林补贴具体数目的核准工作，见到我走进来，连忙放下手上的材料，满脸堆笑，端茶倒水，又指挥两名村干部抓紧去落实，到底是受过军事化训练的，说话办事，雷厉风行。

屋里剩下我俩，我开门见山说了要找彭小亮的事。黄旺生迎客的笑容倏忽就消失了，像一只刚走出洞口的老鼠嗅到了猫打哈欠的气味。他说，你要找人，应该是去市县公安局，我可不会把他藏在村委会吧。我说，支书误解了，我是来侧面了解些情况。他说，彭小亮出去这么长时间，具体情况你也应该是找彭老招。我说，他们家在村里不是新人，应该没有支书不知道的吧。

黄旺生那双眼睛闪过狡黠的光，挑了彭老招喝酒闹笑话的事讲。排古佬水上漂，都好喝酒，彭老招也不例外。赶闹子的时候，半斤白酒下去，醉眼蒙眬，见人就扑通跪下了，抓着人家的衣袖裤角，问，你看见我儿子了吗？你知道彭小亮去哪里了吗？有人闲着无聊看把戏一样，听他弯来绕去絮叨那些前不搭后的往事，也有人甩开他的手脱开身。他差不多赶场闹子就要喝酒，喝到哪里就醉在哪儿，醉在哪儿就睡在哪里。黄旺生嗤笑，我却仿佛看到那个摇晃着大脑袋的矮瘦身影，歪倒在一家店铺门前，朝天张着嘴，涎水顺着胡子拉碴的下巴，往下流到胸脯上，浸出一片湿渍。如果彭余燕活着，她不知有多心疼她的父亲。现在她的弟弟丢了，活不见人，死不见尸。凶多吉少，我的担忧多于侥幸。这些不幸降临到两个孤独的老人身上，余生身陷泥潭，淤积覆盖，越沉越深。

“黄支书，您是石喊坪的一村之主，彭老招是石喊坪的村民，手心手背都是肉。他过去再怎么闹，也不是为一己私利。”我委婉地说。

“排古佬脑壳摔哒有问题，我对他有成见，但不跟他一般见识，我不是那种小肚鸡肠暗地搞阴谋诡计的人。”黄旺生不改当过兵的暴脾气，直来直去。他说起第一轮扶贫没评彭老招的过程，那是因为父子没分家，彭小亮在外面打工，彭老招说儿子一个月有两千多工资，平均下来超过当时的贫困户标准，彭老招装清高，也不肯戴贫困户这个帽子。后来陈劭东上任后特意来村里，要复评补上去，说彭小亮出门打工没寄回来过一分钱，两口子病痛多，吃药开销大。他头疼是活该，人在地上活，操心天上的事。陈劭东这么关心他，因为什么，你跟彭余燕是同学，心里明白。

黄旺生说起彭老招，屁眼都是火，也不知他从哪里把我们几人的关系打听清楚了。我扑哧笑起来。他问，有什么好笑的？我一本正经地说，乡党委书记关心每一个有实际困难的群众，是他的分内之责，也是村支书的分内之责，如果眼下像彭老招的情况都评不上贫困户，我看你这个村支书也是当到头了。有些村干部油皮泼赖，欺软怕硬，我一个过路客，也不想跟他太示弱。

黄旺生对我的话并不生气，也乐呵呵地笑起来。我起身就走，他追出来喊道，田乡长，山路弯多，安全第一，小姚的车贵死人。

从村部拐弯出来不到百米，路面洒了些细砂石，车轮打滑，所幸我以双脚撑住。黄旺生乌鸦嘴，我恨恨地骂道，抬头却看见左边一段坍塌的矮墙，墙内有一幢废旧的红砖房，杂草丛生，有一棵伸枝展叶的老树，上面挂着一块木牌，字迹模糊，一片蓊郁的废墟。我好奇这是个什么地方，就把川崎停在路边，推开半爿破门进去，看清是“栽百年树，读万卷书”八个字。一个办完事回来的村干部认出我，跑过来告诉我，以前这里是村小，办了好多年，教育布局调整后，山上的读书伢子都集中到山下的乡小去了。这是棵什么树，我忘记问村干部就走了。回望一眼废弃的老村小，心想这就是那棵多亏彭老招的捍卫而侥幸没有死在进城路上的古树吧。

半路上，一个小女孩背着粉色的双肩书包，走在一位老人身旁，她们是从山下上来，这个时间点正是放学归家的时候。我按响喇叭，和小女孩擦身而过，侧头看了一眼，女孩眉浓眼亮，脸圆鼻尖，长得很可爱。她像谁？像那个儿童版的彭余燕，我警告自己，别再沉溺那个悲伤的过去了。

彭老招坐在门口抽烟，好像是专候着我的到来。变形的脑袋笼罩在烟雾中，如果摄影家在场，保准是张可入展的艺术照。我记得上次见面他是没有抽烟的。也许是太孤独，他每天那么长时间地坐在这里，看着从家门口经过的路上出现的身影。他最想看到的身影，一个去了天上，另一个不知道去了哪里。

房檐很短，门前的导水沟是大麻石砌的，一米宽，两米多深，沟两岸搭着一块楠竹木板，雨水打湿后，隙缝处匍匐着青苔，脚踩上去有些湿滑，木板摇晃，发出吱呀的响声。他不记得我了，我说前天来过的，王县长和陈书记让我来帮着找彭小亮的。听说我要帮他找儿子，半信半疑地盯着我，眼睛里充满焦虑和迫切。他问我叫什么名字，我说，我叫田自力，您叫我小田就可以。我闻到空气中散开一股酒气。他端起脚旁的搪瓷杯抿了一口，说，自力，我给你倒杯酒。我连忙摆手制止，彭老招的好酒之名看来不虚。

女人端杯出来，杯里漂着十几片山茶叶，我接过来，水是冷的。她说，山泉水，没烧开，山里的习惯，冷水泡茶慢慢浓。我说，谢谢彭妈妈。

彭老招进屋了，我端起他的酒杯问，老爹就这样干喝？她愣了一下，无奈地说，喝了一辈子，戒不了，有时就看着墙上女儿的照片，枯喝，越喝越落泪，越难受越喝。我的心像被重锤击打，第一次听到这样的喝酒方式，伤心回忆是他的下酒菜。

檐下突然飞过一只燕子，身形矫健，在屋里转一圈，又飞走了。她说，我女儿出生的那年春天，燕子来来去去筑了个窝。村小的代课老师给取的名字，说家有喜燕，就叫彭余燕，余是我的姓氏，大家都说名字取得好。彭小亮捣蛋，有一年把窝给捅了，落一头的灰屑，我生气呀，结结实实把他打了一顿，我从没打过他，那是唯一的一次。没想到的是，女儿那年死了，你说奇怪吧，就是这么巧合。后来我信了佛，天天供香拜菩萨，求的是保佑天上的人与地上的人。我听她说话，心生哀叹，人世间，不顺的事碰到一起，偶然就变成了执念。相信有个神在，有命运的差遣要降临，人们就丢了抗争，只剩下等待。

彭老招不知在里屋摸摸索索什么，走出来时，手里攥着一张皱巴巴的纸。他挥挥手，把纸铺平，递给我，纸上歪歪斜斜写着几行字：

寻人启事

彭小亮，男，27岁，码市乡石喊坪村人，身份证号……手机号码……

我把这张纸拍了照，看身份证的出生年月，彭余燕死的那年，彭小亮刚好七岁。我看看堂屋，光线暗淡，好像这个淘气的失踪者已经归来，就躲在角落里，屋中央桌上烛火快灭的时候，他就跑出来。

我问道："老爹，有小亮的照片吗？"

他摇头，叹气说："原本有一张，到派出所报案留给他们，那帮狗日的后来说弄丢了。"

"家里有他的笔记日记本没？"我试着拨了拨纸上的那串电话号码，明知道不会有结果，但还不死心，一定要听到那个女声用冰冷而明确的语气重复两遍才肯相信。

"哪还看得到一张纸，都给烧掉了。"彭老招鼓起腮帮，气鼓鼓地说，彭小亮外出打工前，把读过的课本撕下来，烧了个精光。天生不是读书的料，跟他姐姐比，一个天一个地。其实他也是后来变的，彭余燕死了，他就变了。

彭余燕读书认真，成绩优异，在我们班是数一数二的，每学期都拿一等奖学金，这么想起她，都会心疼可惜。她的死在彭小亮心里的打击有多大，也许被成人世界忽略了，导致的后果就是他的自暴自弃。我看着屋檐下往返进出的燕子，失魂落魄。

山路上鸦雀无声，风景静美，穿山风吹到身上，很是凉爽。导水沟东一丛西一丛长着茂密的矮刺槐，沟壁上爬满葛藤，不远处有一棵长青苔的枯树横卧，一只拖着大尾巴的黄鼠狼迅疾穿过，钻进山缝消失了，只有树身轻轻在摇晃。若是不为世事绊累、物质忧愁，这般的山居生活，甚是叫人羡慕。如果不是那个不知去向的彭小亮，我也不会这么长时间坐在这幢老屋里，生活具体到柴米油盐，落实到生老病死，就失去了想象的美好，内心的艰涩外人是难以真正体悟的。来了就扛着吧。是好是歹日子都是要过下去的。彭老招在出生入死的水急浪尖中走过，他该是懂这个理的。

搪瓷杯里的茶叶散开手脚，茶水味道渐渐出来，我喝下一口，颇有喉吻润、破孤闷、搜枯肠之感。这是卢仝《七碗茶歌》中叙说的感觉，居然在一杯山泉泡茶中偶遇了。彭妈妈起身续水，彭老招开始回忆彭小亮离家前的事。我说，老爹好好想想，越翔实越细节越好。

彭老招说，彭小亮第一次外出打工从昆山回来，穿的衣服鞋子跟一年前出门一模一样。那次回来后，也很少出门，整天在床上睡，到饭点才起来。他越来越沉默，有时坐在屋后那口废井旁，有时站在山坡的水塔上，抽烟，不知道在望什么想什么，打开手机播放音乐，是那种又喊又叫的音乐，没一句听得懂。彭妈妈插嘴说，彭小亮读书没遇到好伴，被带坏了。她还蒙在鼓中，也许是不相信儿子会主动把学费、生活费拿去打牌赌博。过完年没出十五，他说还要出去打工，我们拦不住，只好讲在外面小心身体，注意安全。话讲多了，他不耐烦，只说要得要得，不要啰唆。

“我是越来越觉得人老了就是个等死的废物，小亮这个豺狼子说得对，老了就不要啰唆了。外面的人讨厌你，儿子也嫌弃你。”彭老招垂下眼帘，嘀咕道，“父母恩深不可忘，禽有鸟来兽有羊。为人不将父母孝，枉为人来似豺狼。”他把头一偏，秃顶上的那片亮光消失了，脑袋凹塌的地方，像藏着一道深不见底的沟壑。

我陪着老人回想有关彭小亮的过往点滴。天色暗下来，我留下手机号码，叮嘱他们有事随时打我电话。他们眼巴巴地送我到路边，过导水沟的时候，我说这块隔板要换了，摔到沟里就麻烦了。我发动车，排气管冒出一溜刺鼻的青烟，不知过多久才会被山风吹散。

第二天去乡派出所见了秦所长，一个因为犯生活作风问题被调整到码市的老警察。他来此地时间不长，显然无法和我正常交流这一起辖区内的人口失踪案。他把所里工作年限最长的警察大吴喊过来。大吴是本地人，又高又胖，两脚八字外撇，但每一步走得敦实，听得到地板的震颤。

“山里居然能养出这么一位大胖子，你见过吗？”秦所长把烟点燃吸上，露出一口乌金牙。大吴不介意所长的玩笑，吐吐舌头扮个鬼脸，却很严肃警惕地看着我。

我说出彭小亮的名字，大吴就脱口而出：“知道的，我知道。”

秦所长身子一正，把手指向他，说：“你知道他的下落啊？”

大吴咧嘴鼓腮，又扮了个鬼脸。“彭小亮的父亲隔一段会来派出所打听有没有找到他儿子，不过，好像最近很久没来了。”他吐了吐舌头，说，“他不会是死了吧？”

“乌鸦嘴！”秦所长怒目一瞪，“现在是我们田乡长接手了一项扶贫工作，帮贫困户找儿子。”

大吴翻箱倒柜找档案去了，搬出一摞登记本，一页页翻看，嘴里念念有词：“彭小亮几年不见人不露声，是得好好查一查了。”

秦所长陪我聊天，他在公安转的部门多，自诩经手和听闻的案子无奇不有，却说像这类案子是最头疼最无能为力的。没有办案经费和重要批示，谁接砸谁手上，甩都甩不脱。大吴找到的那页登记纸，寥寥百字，都是彭老招彭小亮的基本信息，并没超出我所掌握的信息线索范围。看到我失望的样子，大吴也拧紧眉头，似乎要弥补这个亏欠，说："要不去找找南门酒坊的老板皮纸，原名叫皮巨飞，和彭小亮是职专同学，县城有名的混子。"

秦所长送我出门，剔着酱色牙垢，安慰我别着急，也可去县局找找管刑侦的赵登海，如果需要他可以帮着张罗请出来喝顿酒。我说，老赵肯定是要去找的，他欠我的太多了。秦所长听我这话觉得理应有些渊源，想打听清楚，我冲他和站他身后的大吴扮了个鬼脸，他被尾烟呛得咳了几声，大吴捂嘴窃笑。

从乡派出所回来，我像我爱琢磨爱画画的姑父那样，画了一张与彭小亮有关的时间线路图：

码市（石喊坪）—昆山—码市（石喊坪）—苏州

2014年3月下旬第一次离家，打工所在地：昆山

2015年2月28日第二次离家，目的地：昆山？苏州？（是他给家里的说法，半个月后，打回来过一个电话报平安。电话卡是他在昆山的移动代办点上的号，用的是自己的身份证，后来欠费停机。）

我打开手机上的高铁管家，研究了火车路线。从本市开往苏州只有一趟普通火车（他需要前一天坐长途汽车赶到市里火车站附近某个小宾馆住宿），清晨6点22分发车，次日凌晨4点02分到达，时长21小时25分，途经21个站，停车时长最长的是江西九江41分钟，其次是南昌25分钟，最短的如衡山、丰城、向塘、东至也有3分钟，到达南京后车次从双号改为了单号。这是虽耗时间但便捷的直达出行，票价也不贵，去苏浙一带的打工者大都会坐这趟车。当然他也可选择别的交通方式，也可能在任何一站下车，如果临时改变主意的话。

失踪者游进茫茫人海，寻找者就像渔民驾着船到一个地方撒一次网，广撒网是对的但不见得有效果。我对现在的科技和信息管理过分信赖，去县公安局之前，我打电话给表弟讲了找人的事。他在市公安局办公室，我问他有没有又好又快的办法，他却颇为惊讶地说："哥，你跑那个乡旮旯干吗，跟自己过不去吗？"

我说："这个话以后再说吧。你先帮我想想法子，怎么才能找到彭小亮？"

他说："哥，你知道咱国家一年有多少人失踪吗？有意无意，正常异常，活着的死去的。"很早之前我们讨论过社会新闻中那些离奇的失踪案，有的逛超市进去就没出来，有的上了公交车就没见下车，有的妈妈转个身推车里的孩子就丢了……他的潜台词是，很多时候对于这种主动失踪不归的人，多半是找而无功，白费力气。他不想费力也不行，我还是坚决地把彭小亮的名字、身份证号及出走的大概时间、地点发过去了。

信息我也发给了赵登海，永城的刑侦大队长。他很快回复，领导放心，抓好落实。我说，油皮不改，明天亲自来拜访老同学。

赵登海和我是三年初中同学，他是那种像飞天蜈蚣般的淘气角色，经常被老师罚站面壁蹲马步，考试没少找我要过小抄。人各有命，他父母在南门市场做点水产干货的生意，条件不差，花钱把他塞进了县城重点高中，照旧捣蛋睡课，后来听说暗恋上班级成绩最好的女生，学习动力骤增，虽然为时有些晚，但那年碰到高校扩招，进了邻省一所公安专科学院。毕业后到乡派出所从户籍民警干起，治安、经侦干到刑侦，现在成了永城公安系统的一员大将。我到他办公室，除了一张摇晃的办公桌和几把椅子，空空荡荡，说像审讯室倒还更匹配。他见面不生分，不过第一句话也跟我表弟一个腔调，对我跑到码市挂个虚职有所不解。

“有的贫困村多复杂你知道吗，光等政策没有对策，基层干部疲于应付各种检查，该干的正经事没时间干也不愿干。”他说话时，也露出满口烟垢牙，一股烟味能丝丝缕缕被你吸进鼻子里。他是老烟民了，读初一就偷偷抽上了，在校门口的不良商贩手中，一根两根地买，那时我也被他怂恿着抽过几次，呛得厉害，闭着嘴不敢跟人说话，怕被家人发现。“玩一支，还没培养出来呀？”他大拇指朝烟盒底一弹，露出烟嘴递给我，然后示范捏破里面的爆珠。我想到秦所长的乌金牙，难怪人们说，公安都是一娘生的。

受权限所囿，赵登海查到的彭小亮在近两年都没有用身份证登记的记录。我问他可否再把时间拉长一些，他说，必须有正式报案立案，向省局市局申报，申报不难，就是手续复杂时间拖得久。我说，彭老招不是在乡派出所立了案吗？他说，那帮庸人，立了案也没看到记录，估计是口头问询，登记了一下，不然系统里不会查不到正式的立案记录。

“农村这样的情况不少，公安一年不知要碰到多少报案的，人离家了，搞几年，没音讯，有的又突然回来了，也有的不回来了。”赵登海举了几个例子安慰我，这不光是年轻人打工出去不回了，还有的生儿育女的中年人，婚姻破裂不堪忍受农村贫困种种原因，把孩子甩给老人女人，自己玩消失，无影无踪。

“那要不回来的，多会是什么情况？”

“死外面了呗。”赵登海所说的死有两层含义，一是躲在外面不露脸，活得好好的；一是真正地死了，悄悄地死了。

“但死也要有个对证吧。”

"不要钻牛角尖了，死无对证你懂吧，就是死无对证。"

八

我把寻找彭小亮的事在"挂友"群发布后，群里炸了锅。

挂友是我们这些下乡编辑记者之间的昵称，挂职绝不能"挂着职位不干实质工作"。干工作就会有困惑，大家就常在群里交流见闻心得，互相释疑解惑。电视台的挂友说，她走访联点的村里也有类似情况，丈夫离家出走十几年了，听说是在东北找了个临时组合，妻子当没有这个丈夫，把孩子拉扯大，子女也当没有这个父亲。我说，彭小亮未婚，不存在家庭逃离的前提。晚报跑社会线的老孟参与过多次公安报道，有一种职业敏感，说，彭小亮失踪会不会跟他姐姐多年前的死有关，比如发现姐姐并非自杀，寻凶复仇的他又被杀了，两个案子要并在一起查。有人反驳，二十年前发生的案子，姑且不说当地公安定性准确与否，有多少证据还保存又是否保存完好，没有证据佐证成立，一切都可以编撰虚构，公安会打自己的脸不？老孟说，此一时彼一时，现在的DNA检验技术已经成熟，只要当年现场勘查细致，哪怕一个烟头一根头发，也能追根溯源。挂友们上纲上线，刀光剑影，枪打炮轰，把近些年曝光的司法不公、办案腐败的事拿出来争论，我悄悄地设置了免打扰，任他们吵闹不休。

老孟的话提醒了我，彭余燕自杀案的不合理之处，我跟赵登海电话里说了。一个在县城工作的年轻女老师，职业稳定，教学业务能力强，没有什么精神抑郁等方面的疾病，自杀的理由是什么呢？无缘无故地赴死，而且是用丝袜把自己活活勒死，那要下多大的决心。公安当年就真的没查到一点线索，或是怀疑过他杀？这个搞刑侦的公安当年还没毕业，案子后来也几乎无人提及，他听我条分缕析，未置可否，也不妄下论断。

过了几天去县委宣传部开会，会后我去南门市场找到了皮巨飞的酒坊，这个人的体形更像他的外号“皮纸”，又矮又瘦，像张风一吹就飘起来的纸。结算完一单生意，他那双阴鸷的眼睛盯着我上下打量一番。

“你知道狗日的为什么躲起来吗？”

我摇头，说：“他家里情况你也知道，没点音讯，都急着找他。”

皮纸翻古一样，说了一大通旧事，炫耀当年彭小亮来县职专读书和他结拜兄弟后，自己是多么照顾袒护他。“我的家就是他的家，哪次到县城不是在我家住着，在外面打架惹祸，都要我找人收拾残局。”他摁灭烟头，“这家伙倒好，出去没挣钱，不知上了谁的当，借了网贷，利滚利，要还两万多块，没钱还，就玩失踪了。”

让皮纸尤为愤怒的是，彭小亮在网贷登记的紧急联系人是他，追债追到他头上，手机突然涌进上百条骚扰信息，电话响个不断，里面的人恶言威胁，这样他不得不把手机卡注销了，重新换了号码。“那些人电话吓唬我，可笑，我是吓大的！”皮纸睨视我一眼，说，“我等他们来，来了还要不要回去？这钱不是我欠的，凭什么找我。”

如果网贷属实的话，那彭小亮的失踪就有了理由。“可他躲到哪里去了呢？”我让皮纸帮着分析。

又来了生意，他大声呵斥在一旁玩手机游戏的小年轻去接待。那小年轻长得古古墩墩，不情愿地站起身，一只眼睛还盯着手机屏幕。“无药可救！”皮纸咬牙切齿地骂道。

皮纸打开手机万年历，翻看一会儿，说，彭小亮大概是2015年2月底出的门，说要去昆山一家电子厂，半年后给我打过几个电话，邀我一起去天津做点生意，稳赚不赔，我说卖酒生意刚有起色，去不了，他就说能不能借点钱，我说四处借的钱投到酒坊了，就给了当年也在南门做过生意的一个叫老糟的电话。听说老糟在江浙混得不错，想搭个线让他们认识。我哪里不明白，他是上了传销的套，到处在骗人入伙。他说：“后来，网贷的追我，我打他电话，早停机了，我一怒之下，就再也没联系过他。”

“问过老糟吗？”

“人家号码早换了，联系不上了。”

市局的权限大，表弟回复我的情况，证明了皮巨飞所言不虚。2015年3月1日，也就是彭小亮离家外出第二天，他在市里火车站附近的菊花台招待所住过两晚，但后面再没有记录。我问表弟怎么看？他说，这表明彭小亮极大可能是选择坐火车离开的，或是与同伴一起离开。那时还没搞人脸识别，查得不严，普通火车还有不少黄牛倒票，也存在用他人身份证购票的可能，假身份证和遗失的真证件特别多，路边几十块钱随便就有卖的。我很懊恼，我们现在需要的是确定，不是可能。

表弟说，可以确定的是，彭小亮入了个人征信失踪者的名单，借过两笔网贷，一万一千块钱，从没还过。他安慰我：“也许，他失踪只是为了躲债。”我安慰自己，如果只是钱的问题，就还有补救的余地。

我又去找了一次赵登海。下了班，他请我吃永城的特色炖肠子，街边店，两碟卤拼，爆炒花蛤，椒盐带鱼，蒜蓉西兰花。我假装愤懑，把好吃的都点上，最该讲证据的公安，居然跟我讲死无对证，我就赖上你了。他不急不恼，把酒满上，先自罚三杯。

言归正传，我把从表弟和皮巨飞处得到的信息反馈给他，他答应把彭小亮输入人口失踪信息库里，这样一旦异地公安有发现，就会上报到信息中心。他提醒我，即使是这样，也难免是大海捞针，不要抱太大希望。我把老孟的那套DNA查案的说辞搬出来，他一个劲摇头。他特意调阅了彭余燕案的档案，说没发现什么明显的问题，自杀原因归结主要还是本人精神压力过大。他不经意地说，有点奇怪，资料中有一份县三小校长李路明的笔录，里面居然缺了一页。

"是不是有什么问题？"我急切地问。

"做笔录的警察去年患肝硬化去世了。"赵登海一笑，"这又是一个死无对证。"他与我解释，这种定性的历史案子要重新启动调查很难，不经上面特批，没有关键证据指向案子有重大误判，我们不可能抽人去查。至于DNA检测，实验是很成熟了，但实践中真没这么简单。

赵登海给我浇了一瓢冷水。

我像是看到一个水下漩涡，旋转速度渐渐加快，真相似乎就躲在一个若隐若现又触不可及的角落。我说，如果彭余燕案真是出了错，也许这是一次最好的机会，我回来永城就是天意。麻烦你帮我打听一下那个校长的住址，我去拜访一下他。

赵登海见我说得如此坚决，说道，这个小事没问题，还有一个人，你有兴趣也可以去问一问。他欲言又止，我问是谁？他略加沉思后说，我们的老师王海平，当时是县教育局副局长，也接受了问询。为什么会问询他？他耸了耸肩，可能也就是一个正常的问询，因为毕竟是教育系统的老师死了，总要有领导出个面。也许他早忘记这茬事了，这事你自己决定吧，我这两天要出差办个案。

我明白他不好露面，不然又会闹个小道消息满街飞。我说："他俩都让我去拜访吧。"

九

中午开完动员会，下午接待下乡察看施工进度的交通局领导，晚上入户走访，陈劭东是越忙碌精神劲越好，回来后敲门，喊我陪他喝一杯。前些天他连轴出差，跑申报排古佬"非遗"的事，创意是以老河咀为据点，重新打出排古佬民俗这张牌，引进旅游投资，开发冯河漂流。这也是码市的一件大事，其间我也帮着到省市发改委、文化、旅游部门跑了一趟，找了个老领导支持，一路绿灯，胜利在望。

如果要我评分的话，他在码市的工作真是够深入务实的。毕竟码市底子太薄基础太弱，万丈高楼平地起，要从洼地建高楼，谈何容易。有时很晚我还能听到陈劭东房间里的电话声，不是汇报沟通，就是部署布置，上传下达，吃透精神，找那个最能发力的平衡点在哪里。我还真的很同情这个陀螺，也佩服他的拼命劲。

他的床头摊开一本五百多页的《小镇喧嚣》，书是我前不久推荐的。几年前的文化读书版我编过一本读后感，书原是一个博士做的论文，揭了基层某些真相，像著名的社会学著作《金翼》，用“讲故事”的方式，抖出来的是乡镇基层政权、村级组织和农民的博弈共生，是不可多得的乡村“深度描写”。没想到我随口说了一下，他就马上找到这本书。我翻了一下，他看得很认真，做了不少批注。他说，读迟了，不早推荐给我，我可是在基层这种复杂的互动中吃过不少亏了。我说，早读了，就能处理好和黄旺生之流的村干部的关系？不见得吧。他呵呵一笑，黄旺生不能一棒子打死，乡村在某个发展阶段少不了这样的实干者，表面上我们认为他有点给自己和亲友谋利，当然这是绝对不能鼓励的，但我们要想，获利的一方，也是身在底层的老百姓。

我说到黄旺生今天食堂摔的脸色，陈劭东劝慰我，心底宽睡得好吃得香，请你喝酒就当是替村干部赔礼道歉吧。他把酒倒满，桌上又摆着第三只杯子，斟了三分之一的酒。他双手持杯，神情严肃，洒洒地，飘过一缕清香。

我端杯，说：“敬彭余燕的？”

他一饮而尽，拍着胸口，声音发颤：“这里一直压着一块石头，好多年了。”

我说：“我也敬敬天上的老同学。”然后将杯中酒洒一半在地上，喝完另一半。

“你到码市来，也是为了她？想赎罪？”

“罪如果能赎，就不叫罪了。”

“这些年过去了，你可以说说你们当年发生过什么吗？”我想起了彭余燕下葬前的那个夜晚，山林野外，月色灼心，火焰把酒焙热，把泪烤干，他与我只字未提；后来几年像没有了这么个朋友，无音无讯，无牵无挂；往后他身份变了，陪领导去省城公干，邀乡友聚首，也只是酒肉穿肠，声色丛中过而已。我们像从来没有和彭余燕交集过。我有时怨恨，他一定是做了情感伤害的事，也海阔天空地想过放他一马，他不是故意伤害，有理由做自己的情感选择，但在这件事情上，他缄默，我就视之为罪，视之为不谅解。

陈劭东何等聪明，他怎会不知道我心中的轻蔑与敌意，他在装糊涂。我们都在装糊涂。看见的不说，看不见的暗中对垒。这也是我们身处的人际世界，有人在给玫瑰画上钢盔铠甲，也有人在给绵羊戴上眼罩嘴套。

“自力，我有时真觉得是我害死了彭余燕。”他说起她毕业后那两年，两人亦师亦友，读书复习考试，都觉得年轻，路还漫长，从没说过感情上的事。后来，一个亲戚把他介绍给了县委副书记的女儿，一切因此发生了改变。他不甘心当一辈子教书匠，吃粉笔灰，但现实中命运的一丁点改变都充满坎坷艰辛。他有意疏远她，希望时间冲淡感情，各自安好。他选择了一条捷径，后来才知道，这世上哪有真正的捷径。他如此忏悔，我心一软，一股激流冲走心底残存的那点怨恨。

"我没向她解释过。"他落了泪，呜呜哭起来，"真没想到她会自杀。我从来都没有梦见过她，我一直等着她在梦中跟我说，不是我杀了她。"

我们都喝醉了。我倒在床上就睡着了，无论手摸到哪个方向，都像碰到了芒刺。又做了一个奇怪的梦，去石喊坪的山路又宽又平，我骑着摩托像风一样奔跑，到了半山，我被眼前的景象惊呆了，成片成片又高又壮的稻穗左摇右摆，秋涌千重浪，稻熟遍地黄。我知道我是做梦了，这么美的金秋，在石喊坪是从来看不到的。我不愿醒来，绕着田垄不停地奔跑起来。

十

我拿到赵登海发来的地址，老街23号院。没想到李路明也住这个院子，真是巧了。周末大清早陈劭东回城，我跟他的车同行。上午十点，我敲开门，李路明正端着一碗绿黏黏的荞麦面筋，嘴里嚼得喹哧响。

都说人老了睡眠少，我五点半起来打一个小时太极，吃了豆腐脑老馒头，面食养胃，老残胃了，又到河边公园唱了半部京剧《我正在山楼看风景》，回来洗漱一把，坐沙发上眯了个回笼觉。你这来得正巧，这属于加餐。他拿筷头敲了敲碗沿。

李路明是个话痨。

等他说完，我说明来意。他拍脑门子，惊讶地说："你不是维修的小张呀，我这老眼昏花，把你认错了，对不起。"

"没事，您家里什么坏了，看我有没有办法。"我说道。

"电脑跑得越来越慢，比我这糟老头还老迈。小张是我过去的学生，答应帮我修好的。"他笑嘻嘻地说。

"让我试试。"我知道这都是电脑用久之后的小问题，运行速度慢，把一些平时用不着的软件卸载完，杀个毒，轻装上阵就好了。我打开设置程序捣腾了半个多小时，大功告成。李路明重启电脑，欣喜地朝我竖了竖大拇指。他拍拍屏幕说，看电影、听戏曲，还炒炒股，业余生活都靠它了。我说，老有所乐，您才真是会过日子的人。

一来一去，一唠一嗑，我俩像地下党员对上暗号，话就顺藤牵瓜地拉扯出来了。

我说："您校长当这么多年，培养了那么多好老师，好老师又教育了那么多优秀学生，您是真正的桃李满天下。"

李路明笑了，说："这话在过去，我当耳边风，现在哄老人，我爱听。"

我呵呵一笑，他还挺直率的。我说起彭余燕，当了几年老师，后来出了意外，那是我们同学中成绩最优秀的一位，这些年同学们都还怀念她。我担心他会有顾忌、抵触，不愿旧事重提，边说边警惕地观察他的表情。他听我说完，眼神怔怔地看着我。

他搬把椅子坐到我对面，说："小彭是我一块永远的心病啊，这些年我可从没忘记她。你是小彭的同学，是她的故交，我跟你说说，当是我们对小彭的一场追思吧。"

他站起来走到书柜前抽出一本书本大小的相册，把1997年至1999年教师节的合影翻出来，指给我看彭余燕站哪，坐在中间的他精神抖擞，满面春风。

毕竟过去二十年了，李路明说起往事，又深情又忧伤。

全县大概就我当校长的年头最长，我喜欢校园，喜欢教育，喜欢和老师孩子们在一起。课间活动那些吵闹声在我耳中是最优美的旋律。当校长也就像当家长，把每一位青年老师都当成自己的孩子，该谈对象成家生娃我都操心，做过媒人，成过几对，没有散了的。我想小彭是山里的，没亲没戚，人勤心善，工作认真优秀，我得帮她找个好归宿吧。有次开会，有领导开教育局王副局长的玩笑，他丧妻一年多也可以找个人帮着带孩子了。他年富力强，该腾出时间干事业，将来还要往上攀的。我就动了心思，想把小彭介绍过去，你也别说这是拉郎配，都改革开放好些年了，年龄不是问题，感情可以培养的嘛。

我呢，先去试探问了问王副局长，他嘴上说感谢关心，以后再看吧。我担心他是嫌弃小彭的家境。后来局里下来年终检查，我让小彭上了堂公开课，还参加青年教师代表座谈发言。走的时候，我旁敲侧击问王副局长，他一个劲夸我治校有方，青年教师队伍带得好，要总结经验推广。我也开心呀，他明着表扬我，暗中是中意小彭。他同意了，我就准备做小彭的思想工作了。

我一个大老爷们突然问个年轻女孩子要不要嫁给死了老婆的领导，恐怕有些不妥，考虑到这个因素，我把管工会的副校长找来，刚好是个女的，由她向小彭打探比较合适。副校长问过话后，告诉我小彭目前没有谈对象的考虑，正参加高等教育自学考试的论文写作和答辩。我就说我没看错，平时当班主任教学任务那么重，晚上坚持学习，才三四年工夫就快拿到本科毕业证了。但也不能因为工作进步就不考虑个人问题吧，我想再缓几天亲自出马。机会是属于有准备的人，错过了就没有了，后悔都来不及。

有次开完年终总结会，小彭评了全县优秀受到表彰，大家向她祝贺，她脸红了，眼睛笑弯了。我想趁着她高兴时说这事可能有戏，散会后我叫她到办公室，先迂回问了家里情况，她当时显得有些不安，说急着回去看父母。我就顺着她的回答说，没有想过把父母接到县城来？她说暂时没考虑，也不具备条件。我说，条件都是自己创造的，抓住了机会，条件可能就像清早睁眼，过夜的花都盛开了。

没想到小彭不假思索地拒绝了我。什么原因，我也想知道呀，是不是已经有了男朋友只是没公开，或者是看不上，肯定是有个原因的。她脸都憋红了，像个气球，我真担心再追问下去，气球就要爆了。

她走了，起着小跑，像是怕我再把她喊回来，这些年轻老师我都是看作自己孩子一样，你说是不是又好气又好笑。

没想到，过完春节开学前几天，她一本正经地给我递了个报告。我打开一看，是请调报告，理由是就近照顾父母。从来都是乡下老师削尖脑袋找尽关系往上调，从来没有主动放弃往下走的，傻姑娘，把我气得个不行。她还很严肃地说，是深思熟虑好的，父母也同意她的决定。我说你父母一辈子就待在山坳里，从来就没有过这山望见那山高，坐井观天，鼠目寸光。我寻思，是不是把她介绍给王副局长的事引起的不良反应。她坚持说父亲年纪大了，以前受过伤，县城离家太远，照顾不到。她的态度很坚决，我就说那先缓一缓吧，你再好好考虑一下，我也要跟教育局人事处报告，你这是正规分配来的编制老师，要调动手续复杂得很，不是说调就能走的。她听我这么说，就答应了先完成这个学期的工作，但请学校务必尽快与局里沟通，尽快批准回复。

这事不知怎么传了出去，外面对小彭起了流言，我还担心她受影响，但那个学期看不出她工作中带着什么不良情绪。报告我也递上去了，不过是直接交给了王副局长。没想到，那个学期还没结束，她自杀了。公安来调查我把这些事前后说了，公安问过话，王副局长就把我叫去了，让我不要把做介绍的事说出去。我也明白，原本没什么，就当大家开个玩笑，但碰到了这种意外，传出去影响不好，尤其是听说他要接局长位的关键时刻。我只好如实汇报说我怎么和公安说的。他眉头紧锁，半晌没讲话，然后把我带去了县公安局找了管刑侦的副局长，他们都是县直单位的领导，彼此都熟，我把事情原本经过说了，那副局长把办案的公安叫来，两边一核对，说没问题。为了避免造成不必要的传播影响，他们要我在学校做好老师的思想工作，不要猜测散播未经证实的言论。这事让我紧张了大半年，我尽很大努力向局里多争取了些补偿，但小彭的父亲竟然拒绝了。你说这一家人多奇怪吧。

事后我想这也不奇怪，一个穷山村里的人，最大的念想不就是下一代走出大山吗？这么优秀的女儿不明不白死了，怎么能不万念俱灰，万事皆空。

那段日子我忐忑不安，学校和社会上流言四起，有的说小彭平时沉默寡言，独来独往，不太合群，闷着读书读坏了脑子，要从县城调到乡下去，这是典型的抑郁症；有的说她还有狂想症，花痴，一心想找有权势的男人嫁，竟然连死了老婆又大十几岁的领导也打主意；也有人传出来，她暗中谈了一个男朋友，又和领导绊上了，正好被男朋友撞上，羞辱自杀；还有的说她被老街的流氓混混看上了，因为拒绝惹怒对方被谋杀的……

各种说辞都有，你说我能不忧心忡忡吗？但嘴巴长在别人身上，我又有什么办法。我隔天在学校行政会教师会上强调，不要以讹传讹，要等公安的结果。结论最后定性是自杀，又有人背后议论纷纷，公安没本事，破不了案，只能出这么个自杀的结论糊弄家属。现场我进去过的，看不出异常情况，整整齐齐，干干净净。没有线索，公安不定性自杀，难道还要从路边随便抓个人说成他杀。

说了这么多话，李路明才想到去倒杯水："哎，时间过了这么久，你一问起这事，却又像昨天才发生的。"

我说："您真的没有怀疑过，彭余燕就真的是自杀？"

"人一时糊涂吧，像中了魔，年轻人，涉世不深，遇到点难处困结，一下子没想开。这也是自我安慰吧，但我这心里想到就难受。后来逢七月半，我们家烧亡灵包，我都会烧些给她，希望她在那边过得好。”他停顿一下，眼睛红了，抹去眼角两团湿黄的眼眵。

从老街23号小院走出来，熙攘的人流，表情各异，擦肩走过。如果事情真像李校长说的，是流言，是外界的困扰，那彭余燕就不是自杀，而是他杀。这些人里面，有多少是当年的“杀人凶手”。她是被他们的嘴杀死的。每张嘴，都是一把刀。

正当我在老街上茫然若失，不知道该干什么的时候，王海平回复信息，在参加县委中心组扩大学习，晚上不离开的话，请我去家中吃饭。

我回头再看一眼院子里的两棵老银杏，秋冬之交，树叶飘落，满地金黄。李路明送我下楼的时候，差点趔趄摔倒，叹息道，人的记忆啊，就是一直在丢失一些东西，衰老的人更可悲，丢了再去捡起来，总把过去当作未来等待。

十一

王海平没有住在政府机关大院，而是环境优美的绿谷小区。我按照他发来的地址找过去，顺道买了些新鲜车厘子和藏蜜瓜。师母开的门，这是一个很干练的中年女人，年轻的时候应该风姿绰约。她见到我非常热情，冲着屋里喊，老王，客人来了。我没想到，竟然是他亲自下厨。

“来的是贵客，我也才能享受老王的厨艺，这是沾大记者的福。”师母笑得很甜蜜。

我谦笑：“太盛情了，我是县长的学生，不敢当。”

饭菜上桌，王县长为我再破了一次例，拿出私藏的一瓶茅台：“家常便饭，喝杯好酒，锦上添花。”

师母假装生气，嗔怪道：“已经戒了的酒说喝又喝上了。”

“小酌小酌，自力毕业多少年，第一次上我们家，喝点酒才有记忆。”王海平像个孩子撒娇，“报告领导，喝完这顿，立行立改。”

老夫少妻，相敬如宾，让人嫉妒的秀恩爱。当年，王海平妻子患病离世，单了几年才找了这个比他年轻十几岁的女人。虽说那时尚未晋升县领导，还只是在教育局长的任上，但也有不少人在背后指手画脚，差不多两代人了啊。

没想到他真是一手好厨艺，食材地道，杠杠的永城土味。酒喝下小半瓶，师母礼貌撤退，进房间看电视去了。

王海平和我东扯西聊，突然问道：“今天过来是有什么事吗？”

“来看看老师，纯属叙旧。”

“平时你要回来，是县里的座上宾，要请吃个饭还轮不到。”

“现在最金贵的就是吃家宴，我是受宠若惊呀。”

他摆摆手，开心一笑，像是想起什么，问我：“帮彭老招找人的事情，有什么进展吗？”

我简单说了一下县公安的调查情况，借机说，彭小亮失踪立案，到时还要请县长出马与管公安的领导说一说。他说这个没问题，又自言自语：“失踪这么久，就怕有什么意外吧？”

“当年彭余燕之死，不明不白，公安定了就定了，也没人帮彭老招讨个说法，往深里追究。我第一次见彭小亮，就是他姐姐下葬那天，他还是个刚读书的小孩。”

王海平皱着眉，一声不吭，身体不易察觉地轻微抖动。他说：“彭老招脾性倔强，教育局和学校拿了些钱做人道补偿，当时也是一笔不小的钱，他当场就拒绝了。”

名正言顺的补偿款，彭老招不要，这真是一个拧巴的人。谁遇上这种无力挽回的事，都会以扭曲或接受的心态拿了这笔钱，不管多少和来源，人死不能复生，这些都是该得的。那两年有女儿的资助，生活状况才缓慢好转，对于孝顺上进的彭余燕而言，她的美好生活，决定了一家人的未来。在石喊坪村人眼中，彭余燕的跳龙门，他们因嫉妒而掘开的深沟，因为她的死去被填平了，而且上面有了一座隆起的坟堆。

话说到这份上，我就把“天窗”打开了：“当年彭余燕死的时候，您是在教育局吧？”

夜深人静，王海平送我下楼，楼道里的灯光在脸上跳来跳去，而身体像被黑暗一口吞噬了。他说：“你让赵登海用点心思去查，彭小亮是彭老招老两口的精神支柱。”

“呃，老师还有什么要说的吗？”我心中明白，也许离开码市前也不会有结果。

“没有了，希望今晚说的话，你替我保守这个秘密，我们一家都亏欠彭老招的。”这个曾经骄傲的男人眼中，突然就看不到神采飞扬的光了。他把秘密丢给我，秘密多一个人分担的时候，知道秘密的人会变得轻盈吗？但今晚，我知道，他可以睡个好觉了。

彭余燕请调码市学校的报告，王海平压在了办公桌上的玻璃台板下。台板里摆着一份局机关通信录、一张中国地图，以及一张他青年时代英姿勃发的生活照，背景就是我中学母校的教学楼。这张照片至今仍挂在他的书房墙上，岁月之痕，生活见证，回忆的温暖慰藉。

王海平与彭余燕单独见过一次。全县教育要搞“两基两全”

摸底和达标自查，他忙得脚不着地。那天下乡督学回来，刚进办公室，门被咚咚敲开了，是彭余燕来了。他对她印象不错，年轻、漂亮、文静，待人接物得体大方。妻子病逝后，不乏热心的亲友牵线搭桥，暗中也见过几位，总有些不尽人意。宁缺毋滥，他也就以随缘、忙碌来搪塞亲友的好心。彭余燕是个例外，他承认自己动了心，面对时有了紧张、慌乱，还有些微脸红身体发热。要是回到青年时代，他心想无论如何都是要大胆追求一次的，拒绝、失败又有何顾忌呢？但现在的身份、家庭现状、交际圈子还有将来的上升空间，他不得不谨慎处理自己的第二次婚姻。牵一发而动全身，而且他托人打听到彭余燕的家庭，没想到她父亲彭老招与他父亲在冯河上打过一次“要命”的交道，最关键的是，彭余燕似乎并没有强烈的想法。

山迁水绕的关系，让他有了太多顾虑。于公于私，他把请调报告压下来，初衷还是想让她再冷静冷静，也是为了她好。一个正规的师范生，全市的优秀毕业生，业务能手，一时冲动，太可惜了。他是想过要好好找她谈一次，平时公务太忙，没找到合适的时机。这次她主动找上门，他又没想好要怎么开口。

彭余燕坦言去意已决，请王副局长说服李路明校长，理由是家中父母需要照顾，农村的基础教育也需要像她这样的年轻老师。她慷慨陈词，显然做了充分准备来的。他内心更加对她生出敬佩之意，差点就要改变主意，甚至想在下次的全县教师大会上推她做学习的榜样。不恋城市恋乡村，扎根教育无怨悔，多么淳朴崇高的思想。他嘴里却说，再认真考虑，县城的基础教育也需要像她这样的好老师。

彭余燕离开的时候，他起身相送，她主动与他握手告别。那是一双温暖柔软的手，但他还是感受到了指肚上的硬茧粗糲。她跟他说的最后一句话是："理解万岁！"

王海平说："我做梦也没想到，彭余燕来见我的一周之后，竟然自杀了，她以这种方式离开世界，始料未及。"得到消息的那天晚上，他惶恐不安，眼前总浮现出她来找他的情景。"对她的死，我负有不可推卸的责任。"

"事实就是如此。"他说，"时隔多年，世事变迁，也没有什么不可放下的了。她那双大眼睛，总是在一个角落看着我，过去我想方设法要躲开，现在也不怕了，我去找这双眼睛时，她反而不见了。"

我问他带着李路明到公安局去是怎么一回事。他说，你不知道，那时组织部已经找我谈过一次话，局长要调动，这个位置考虑到我来接班。我便找了公安局的党校同学，当然这件事他们也调查了，与我没有直接关系，不能因为别人开个玩笑见过一面就认定是我导致的吧，但人言可畏，县城的人事争斗错综复杂，我们还是想把事情压在箱底。最后，你不知道，那次调整还是没考虑我，过了三年后我才接到局长的位置。凡事都是命，如果不踏空，也许现在我早进了常委班子。当时人事落定，我反而轻松了，这也是我该得的惩罚吧。

十二

排古佬的“非遗”申报，进展超出想象，省歌舞团下来一位编导，根据永城文化工作者收集的排工号子，增加了民间传说，排演一部河流实景剧，需要几个活着的老排工露脸。这也是陈劭东出的点子。在冯河上游拦坝蓄水，竹筏载客，两岸沿途布景，夜间灯光造型，让人回归到民俗生活和历史记忆之中。他让我亲自登门，想请彭老招出山，白天在家赋闲，晚上扮装演出。老爹不松口，彭小亮不回家，哪里也不去。另几位老排工也像约好一样，说彭老招不答应，他们也不会出来。

易地搬迁正式启动了，山野喧响，搬迁户兴高采烈，鸣鞭放炮。陈劭东手忙脚乱，只恨分身乏术。他带着几个分管国土农业的干部，像一支勘测队，在安置点四处搜寻，想多找出一些适宜耕种的田地。

“搬了新家，田园不能丢。农民有那么一片微小但是属于自己的土地，他才会生活得安心舒适。”陈劭东反复强调这个观点。他的设想是充分利用安置点附近的山地资源。他要像小王子一样，在百废待兴的安置点找到一朵献给搬迁贫困户的玫瑰花。

我又去了趟彭老招家，买了些米油猪肉。他坐在檐下的长条凳上，看着偶尔从山路上经过的人，每天生活从不改变。看见我来了，他欠身起立，算是打个招呼。我把东西搬进里屋，彭妈妈刚跪拜完菩萨，瓷杯里插着三炷香，烟袅袅升起，房间里的腐朽气息疏淡，像一片干涸的河床被水流冲刷出斑斑点点的绿意。

我走进里屋把东西放好，灯光弱，像一团飞雪散入冰天雪地就消失了。我转身看到床帐后有一块亮堂堂的光。好奇心驱使我走近几步，闻到一丝淡淡的油漆味，看清之后，我心中大骇，是一具黑寿材。彭老招每天夜里就睡在棺材旁边，这虽是乡下许多老人的习俗，但我感觉到脊梁阵阵发冷。我快步走出来，不经意看到墙上照片，平常不走到跟前是无法看清往昔那张脸的，但与彭余燕的目光相撞，心中那块痂又震颤发疼了。跨到门外，看到檐下的阳光，怦怦的心跳才慢慢安定。如果她活着，这一家人绝不会落到这步田地吧。

彭老招示意我落座喝茶，盯得我发怵。他说，在冯河上放排的时候，有一次夜路歇停在侵滩河，一个女人在岸边生了很大的一堆火，蹿起一人多高，开始有很多人围着，后来人慢慢散去了。我走过去看了看，是女人的儿子玩水淹死了，浑身乌青冰冷。女人的丈夫也是排工，死在冯河里，她抱着儿子，腾出另一只手添柴，等了一夜，孩子也没有暖和过来。

我想，彭老招是又想儿子了吧。寻找没有结果，却是知晓彭余燕死前发生的一些事情，但又能说明什么呢？现实的不幸和生命的脆弱，总在这片大地上以不同的方式重复上演。

“半个多月后，我听说那女人也死了，跟着丈夫孩子去团聚了。人死了，大家也就只哀叹一声。”彭老招眼神迷离，“自力啊，你说这人生在世，有的人是不是就像夜露，天亮就没了。”

他继续与我唠叨冯河上的一些旧事，我只是静静地听着。他是在用他人的哀伤来疗治自己的哀伤。他的思绪又乱了，说这几天晚上老看到彭余燕站在床前，微笑地望着他，不开口，他问她看到弟弟没有，她就哗啦啦地流泪了，哭得伤心伤意，你知道吗，她非常疼爱这个弟弟的。

陈劭东叮嘱我，彭老招搬家的事不要急，哪怕最后一户搬都行，先由着他的心性，我的任务就是多上门做做感化工作，黄旺生的脾性尿不到一块儿，去了只会引起反感坏事。我知道是这个理，陈劭东心里的着急我也明白。去彭老招家我倒不是嫌累，可每去一次就想起命运悲摧的这一家，想起两个老人未来日子怎么过。每次坐着说话，直到准备离开，也没说到搬家的事情上去。

来一次，说说话，喝完几杯冷水茶，我才告辞下山。彭老招打着酒嗝说："你这就走啊，我讲古还没完呢。"

"我转转山，车一飙就上来了，以后没事也常来的。"我指指停在路边的黑色川崎，小姚这台私家摩托成了我的巡山坐骑。

"他们都开始搬了吧？"

"嗯，有的户开始搬了，毕竟是新房子，住着要舒服些。"

"跟陈书记说说吧，我这把老骨头，就死在老屋里好了，新房子还可以照顾一下别的人。"

"老爹，您说这话就过了，房子户头是您的，以后彭小亮回来，也就是他的。别人抢不走，这一点是严格按照政策来的。"

老女人走出来，递给我一包晒干的山茶叶："老头子呀，莫为难他们啦，我们老了住哪里都是住，该搬的时候我们就搬吧。"

"不急的，老爹考虑好了，我和劭东到时来给您搬家。"我跨上摩托，举起手中的那小包茶叶，"冷水泡茶慢慢浓。老爹，多谢啦！"

十三

挂友老孟很热心，给我打气，把各地多年积案旧案的侦破案例发给我。他神神道道："破案要循着逻辑，又要超越逻辑。一件事，你牵挂它，它也会回报你。”我整日胡思乱想，夜里失眠就信息电话骚扰赵登海。他那边也有了一些进展：彭小亮的失踪立了案，对那几个过去与他混团伙的社会青年进行走访，网贷之事属实，近年却都断联系，经分析极大可能加入传销，被传销组织控制了；又请几个老刑侦和技术员，对彭余燕卷宗中的笔录、细节、证据和现场收集的指纹、脚印等物证进行传阅和会商，发现疑点，但相隔久远，暂时没有明显的突破。

有天午后，闲着无事，小姚洗护他的川崎，我每次骑它上山下村，吹着风，听着歌，飙速前进，大概也是挂职生活中难忘的一种记忆。小姚听我赞美川崎，喜滋滋的，又说起驾驶家中那台哈雷的拉风感觉。他父亲开矿起家，买了几处加油站，却不愿儿子继承生意，一定要他当公务员。我想起黄旺生说这车贵死人，问起价格，小姚狡黠一笑，说换台高配的国产小轿车绰绰有余。我故作惊讶，然后哈哈一笑，心想大概每次我上山他就心神不宁，担心伤了他的坐骑。

去县里开会的陈劭东突然打电话过来，语气火急，让我赶紧去趟石喊坪。我猜是发生了突发事件，问怎么啦？他说，彭老招摔伤了，黄旺生已经送他下山到乡卫生院，你去接一趟彭妈妈，千万注意安全。

我跨上川崎出发，山路无人，加速疾驰，像是要飞起来。途中，彭妈妈正在山路子丫急行。扶她上车，速度不敢跑快，她坐在后座，浑身发抖，紧紧抱着我的腰，嘴里催促着："快一点！快一点！"

彭老招下午坐在屋檐下发怔，不知是突然滚跌还是走在木板上滑落，摔到那条又深又陡的导水沟里了。彭妈妈从屋里出来，没看到人，前后转一圈，喊他的名字也无人应答。她以为他到山路上溜达去了，并没在意，就坐在檐下望，隐约听到细微的呻吟声，她走到沟沿一看，彭老招趴在刺槐丛中，头破血流，奄奄一息。

路过的黄旺生费了九牛二虎之力把彭老招从沟里顶出来。他给劭东打完电话报告，就把半昏迷的彭老招绑在自己身上，骑摩托送往乡卫生院。我们赶到的时候，他坐在卫生院大厅的条椅上抽烟，浑身湿漉，衣服上沾满斑斑血迹。一个年轻医生提醒他，墙上贴着禁止吸烟的标志，他一脚把烟头碾熄，说："老子都快虚脱了，抽支烟缓缓神，你们赶紧去救人吧。"

医生给彭老招清理了创口，伤口的血渍还在慢慢往外渗，他奇怪的脑袋又胀大了一号。彭妈妈抓着他的手，哭着喊他的名字，他哼哼唧唧地躺在那里，已经不认识人了。卫生院三位值班医生商议怎么处理彭老招的伤，B超结果显示脾脏轻微破裂，腹腔有内出血，要住院休养一阵。戴眼镜的院长走出来，告诉我，老人失血过多，送他来的老黄说他们血型相同，主动输了300cc血。

坏事变好事。半个多月后，彭老招出院的时候，直接搬进了安置点的新房。住院期间，他当着陈劭东的面答应了搬家。当天，我和几个乡干部开了一台皮卡车，把彭老招那点旧家当搬下山。陈劭东悄悄跟我说，留下黑棺材，若把它搬到新房，太不吉利了。我没事就去医院，主动陪老爹回忆排古佬的往事，说起乡里的旅游项目和“非遗”申报的顺利，特别提到河流实景剧需要他这样的场外指导。他竟然答应了下次去排演现场：“看他们演得像不像。”

出院当天，陈劭东陪着彭老招去看安置点附近的菜地和山田，请人翻耕过，都是黑土肥田。黄旺生发了话，石喊坪搬迁户人人都少不了，但彭老招优先。他让医生和我们每个人保守一个秘密，不要告诉彭老招输血的事。“我希望他好好活着，不然我的血白献了。”

两个冤家最后以这种方式和解，谁都没想到过。

码市的易地搬迁得到县扶贫办的通报表扬，亮点是因地制宜巧妙解决了搬迁贫困户的菜园子问题。县里开会交流经验，陈劭东找借口请了假，让分管搬迁的副镇长去发言。他驾驶着川畸，带着我在山上跑。虽然还是那条山路，但感觉比过往任何时候都要空旷清寂。摩托的轰响、鸟叫虫鸣、风声水响，在山里绵长而细密地回荡。他跑的速度比我还疯狂，沿路惊起林中数不尽的飞鸟。

来到彭老招老房子时，门是锁的，屋檐下放着两把没有搬走的旧凳椅，好像只是主人暂时离开了这里。我和陈劭东坐在屋檐下，像彭老招平常那样，看着变得无限幽长的山路，一个人影都没有，万籁俱寂。手机响了，是赵登海的短信，我突然紧张起来，他没事是不会主动发信息的。

我紧紧攥着手机，手心出汗，害怕漏掉信息里的每一个字。赵登海说："水落石出！"

我和陈劭东当即赶往县城，王海平也先一步在会议室等候我们的到来。

永城一个专案组协查广东一起入室抢劫杀人案时，主犯为了立功，交代了过往案子中的几个同犯，其中一个叫老糟的流窜犯，有次酒后说多年前在永城曾经杀过一名女教师。赵登海火速秘密出发，奔赴邻省，抓住了还在睡梦中的老糟。老糟像是早就知道并在等待这一天的到来。审讯开始，身上挂了几条人命的老糟一股脑儿说出了犯下的案子，其中就包括二十年前杀害了彭余燕。

二十年前，老糟在南门市场租房做过一段时间的瓜果生意，碰到那年雨水多，瓜果晚熟，毁烂又多，生意折了本，又和姘头闹翻，手头欠了点债，债主三天两头上门催要。他动了歪心思，两次成功入室盗窃，可惜的是收获不大。有天夜里他喝了酒从后门翻进学校，想去教师宿舍捞点钱，见到只有年轻的彭余燕一人在屋就起了歹心。他当时是想用晾在门外的丝袜把她勒晕，没想到她挣扎厉害，心里慌乱使多了劲，把人勒死了。他的酒也醒了，抽屉钱包没翻动，伪造了自杀现场后就离开了。第二天他谎称亲人病故，托人把租房退了，潜逃回老家安心做了几年酒店保安，又辗转混迹东北、河北、河南，到沪上开出租、苏州昆山跑货运，平时少不了一些喝酒赌钱斗殴，也干过两票大的抢劫绑架。每次顺利脱身，就躲到老家避风头。有次喝酒吃醉，几个在场者炫耀过去的牛×经历，他就说了永城杀人事件的经过，还把公安的断案嘲讽了一番。

赵登海讲完案子的情况，我们都沉默了很久。多么像是一个编撰的故事，二十年了，还是落在老孟猜测的窠臼里。我想，还是老孟说得对，凡事你牵挂它，它也会回报你。只是这样的回报，是不是来得太迟，我们也并不希望它的发生和到来。

老糟被带到现场指认的那天，南门市场挤得水泄不通。皮巨飞挤在人群中，远远地冲着被公安铐住手脚的老糟喊道："你见到狗日的彭小亮了吗？”

老糟似乎回了头，但麻木的表情和僵滞的动作没有做出任何回答。铁案铁证，老糟剩下的时间就是等着死刑的宣判和执行了。言称刚信奉基督不久的老糟在认罪签字后，说了最后一句话：“说出这些秘密，身体像是掏空了，一下变轻了，我可以早日升上天堂了。”

巧合的是，老糟案落停之时，天津的公安、工商联合查处端掉了一处近年最大的传销团伙窝点，解救出的被扣押的人质名单中有彭小亮。那边传来的照片上，彭小亮耷拉着头，眼神无力，枯瘦如柴，几乎没了人形。他入伙后骗不来亲友，没有业绩贡献，一个多月前想逃跑，和传销头目发生冲突，被打折了一条腿。两地公安对接后，天津那边答应安排他治疗一段时间后再通知永城派人接回。陈劭东对我说：“到时我俩一起接彭小亮回家。”

赵登海特意来了一趟码市，让我陪着去安置点彭老招家。我拒绝了，我不想目睹两位老人的伤痛绝望。但他们的表现让人意外，从头到尾都很安静地听着案情结果通报，嘴里的嘀咕听不太清，好像是说，为什么不早些破了案？赵登海告诉我这些，又说起离开时彭老招反复追问，彭小亮这个豺狼子真的还活着？

“他的眼泪快掉下来，也许他以为儿子早死在外面了。”赵登海问我，“他为什么说彭小亮是个豺狼子？”

我不知该如何回答，却示意他看看西边大岭，几分钟前，啥也没有的天空中，突然出现了一抹灿烂的云彩。

十四

又到一年寒露时，挂职结束离开前，我又上了一趟山。从彭老招的老房子再往上步行两百米，那片竹林里是彭余燕的坟墓。昨夜下过一场小雨，泥土翻松湿漉，弯弯山道格外幽邃，脚底发出的每一点响动，都能在空旷山野溅起涟漪般的回声。风卷着些寒凉，我点燃纸钱香烛，微蜷着身体，坐在那块据说是彭小亮凿磨成方凳的石头上。看着茕茕孑立的坟堆，瘦弱摇摆的烛火，我的心里空空荡荡。我把从县城买回来的一盏长明灯插进坟顶，摁下开关，莲花灯里发出烟火形状的光亮，整片竹林立时变得暖和起来。

我起身，朝着这片竹林深深地鞠了一躬，竹叶喧动，报我以风声。

天澄云碧，风吹空山，我深深吸纳一口，然后嘶声大喊，仿佛要把胸中的虚无喊出来。“噢……噢……”耳旁的回响，像排浪般从远而近，推搡着笨拙地奔跑过来。下山走了很久，我向身后回望，有一道亮光像是从天而降，照映着山、路、林、屋舍，一切变得透明，如同魔术师扯去遮住的红布，大山到处都长满毛茸茸的光芒。

后 记

这部小说集的创作冲动是被一个个表情激活的。

表情既清晰又模糊，各异又呆板，像是一个个矛盾体。又如每一个人面对现实，遥探理想，总会陷入信心满满又无从把握的两难时刻。

去年，一个偶然机会，我去到湘南山区，每次下乡十天半月，往返已有十余次。同行者中有人在这里扶贫工作好几年，流过汗也伤过心，建过功也留有遗憾，但屡屡谈及这片土地上的变化，又无不充满深情和自豪。他们给我讲山林田野沟垄上的真实经历，我像听故事般新奇；我走村串户遇见的人，都当生命中要经历的人那样对待。行路中的相处和观察，我渐渐对此刻发生在中国乡村的大事件有了新的认知与确信。下乡，成了我此生受益的一次田野调查。

每一个村庄里都有一个中国，这不是文学修辞，而是时代印证。从乡村回到城市，从宁静回到喧嚣，我的心中多了一些“乡愁”和与乡村现实有关的思虑。像一根尖细的针，挑着心中的“刺”。生活的奇妙之处，就在于我们以为遗忘的，弃之如敝屣的，依然在不远的角落看着你，如同上帝的信使在路上，会在某个时刻，即使是已熟睡的半夜，也将毫无顾忌咚咚地敲响你的门。山野行走，那些难以精准讲述的表情刻印脑海。诸多关乎乡村现实的记忆、行进和改变勾连交织，旷野风霜，屋檐飞雨，我想写一写千里之外偶遇者的人生，想写出“他们”在时代之变里的生活困境与精神疑难。大时代里的小人物，他们的表情令人难忘，也唤起了我书写的热情。在乡村建设之声铺天盖地的当下，“他们”就是“我们”，谁都不是独立的存在。我们沉默不语，但并不代表着不说话，世界就安静了。

不是吗？这个新时代的大背景下，无论身居何处，每个人都是直接或间接的乡村建设者。人们建设本乡本土的热情，从未因城市化、背井离乡等原因彻底熄灭过。

我的出发点，不只是写此刻发生在乡村的状貌，更多的是对人与乡村命运、伦理秩序的感性书写与理性思辨，立足现实经验生发的批判，对心灵生活的一种钩沉。理解它，才会不盲目，才能更好地融入、改变、重建它。于无法回避的乡村现实而言，守和变是一种能量守恒，乡村不只是我们所以为的“沦陷”，而是在建设中完成了又一次云开雾散处的生长。那个我们回不去的故乡，消失的乡村，依旧是日光流年、万物生长；那些“无穷的远方，无数的人们”，都和“我们”有关。

其实，这就是生活。在现实艰难中孕育多种美好可能性的生活。

疫情困守家中的日子，万千焦虑唯有书写可排解。《走山》《长鼓王》就是期间写下的。感谢先后刊发、转载这几部作品的《芙蓉》《小说选刊》《中国作家》《十月》《小说月报》《人民文学》《中篇小说选刊》《长江文艺·好小说》《当代中国生态文学读本》《小说月报·中长篇专号》等文学期刊。中篇《长鼓王》获《十月》年度中篇小说榜提名作品，短篇《天总会亮》入选中国作家协会创研部和《小说选刊》联合编选的扶贫攻坚优秀中短篇小说选《易地记》。思考与写作还在持续，对乡土现实的关注也不会就此结束。感谢与我一同行走在山野的朋友，帮我立起了一面面映照现实的镜子。感谢编辑杨晓澜，最开始这个系列的创作时就与我挑明难度、探察方向。感谢编辑、作家陈崇正的约稿。因为有他们的鼓励和努力，才得以有这本小说集的到来。

沈念

2020年6月18日清晨